MONTANA SEAL

LA GUARDIA DEL CORPO E L'ATTRICE

BROTHERHOOD PROTECTORS (ITALIANO)
LIBRO UNO

ELLE JAMES

Traduzione di
GEORGIA RENOSTO E MONICA LOMBARDI

ISBN EBOOK: 978-1-62695-473-1

ISBN PRINT: 978-1-62695-474-8

MONTANA SEAL

LA GUARDIA DEL CORPO E L'ATTRICE

SERIE BROTHERHOOD PROTECTORS (ITALIANO)

LIBRO PRIMO

ELLE JAMES

Autrice Bestseller
New York Times e *USA Today*

Traduzione di Georgia Renosto
e Monica Lombardi

Questa storia è dedicata a tutti gli uomini e le donne che rischiano ogni giorno la vita per aiutare gli altri. È dedicata ai militari, ai poliziotti, ai vigili del fuoco, ai paramedici, alle guardie del corpo, agli agenti dell'FBI e della CIA, ai padri, alle madri, ai fratelli e a tutti coloro che si adoperano per chi soffre. Se metti in gioco la tua vita per salvare gli altri, sei un eroe. Grazie a tutti gli eroi che abbiamo in questo mondo. Non avete bisogno di superpoteri, armi o mantelli, per essere eroi.

Elle James

CAPITOLO 1

«MONTANA, TU AVANZERAI PER PRIMO» disse Big Bird. «Quando avrò eliminato la guardia, dovrai muoverti in fretta.»

Hank Patterson, detto anche Montana, sistemò gli occhiali per la visione notturna, impugnò il fucile d'assalto M4A1 dotato di kit SOPMOD e si alzò dal nascondiglio al limitare del villaggio iracheno. L'intelligence dell'esercito americano aveva saputo da fonte fidata che uno dei capi dell'ISIS si era stabilito in quella che era stata la dimora dell'ormai defunto Sceicco Ghazi Sattar, leader supremo della tribù Rishawi. Quello che un tempo era stato un sontuoso palazzo era stato crivellato da colpi di mortaio dai ribelli dello Stato Islamico dell'Iraq e della Siria, o ISIS. Lo sceicco e le sue guardie erano stati sopraffatti dalle schiaccianti forze nemiche ed erano periti in battaglia.

Grazie a quell'attacco, l'ISIS aveva guadagnato una roccaforte nel villaggio e catturato un'operatrice umanitaria che il governo degli Stati Uniti voleva liberare. Quando lo Stato Islamico si era offerto di farlo in cambio di alcuni membri della sua organizzazione tenuti prigionieri, l'amministrazione si era attenuta alla propria posizione di non negoziare con i terroristi.

Era stato a quel punto che erano entrati in scena i Navy SEALs. Con la copertura della notte, informazioni limitate e armi munite di silenziatori, la missione del Team 10 dei SEALs era infiltrarsi nell'edificio, uccidere il leader, Abu Sayyaf, e liberare l'operatrice umanitaria, che si dava il caso fosse anche la nipote del Segretario della Difesa.

Un gioco da ragazzi, si rassicurò Montana. Viveva per momenti così. O, almeno, era quello che aveva continuato a ripetersi nell'ultimo anno. Stava per avvicinarsi l'anniversario della sua ferma, e doveva decidere se riarruolarsi o andarsene. Riarruolarsi significava sottoporre il proprio fisico a ulteriore usura e continuare a rischiare di beccarsi qualche proiettile, saltare in aria o annoiarsi a morte. Quando erano in azione, le missioni erano intense, ma i tempi morti gli davano troppo tempo per pensare.

Inoltre, l'età avanzava. Se non avesse lasciato il servizio attivo, sarebbe finito ad addestrare i giovani SEALs, invece di condurre missioni. Una situazione che gli avrebbe dato ancora più tempo per pensare a quello che avrebbe potuto essere, nel suo Stato natale.

Da quanti anni non tornava a casa? Otto? Dieci? Undici. Erano passati undici anni dall'ultima volta in cui era stato in Montana per più di un giorno, massimo due.

Ricordava quella notte che aveva cambiato tutto come se fosse ieri. Aveva appena rotto con Sadie. Stava soffrendo come un cane, e si stava chiedendo se fossero due pazzi a rinunciare alla cosa più bella che fosse mai loro capitata. Poi lui e suo padre avevano avuto una lite furiosa. Il padre gli aveva dato del pigro buono a nulla, e gli aveva detto di mettersi a lavorare o andarsene.

Col senno di poi, rompere con Sadie era stata la scelta migliore. Lei era diventata una megastar di Hollywood, e Montana si era allontanato dal padre, si era arruolato in Marina ed era entrato a far parte di una forza d'élite. La vita aveva preso una bella piega per entrambi.

Allora perché pensava ancora a casa sua… e a Sadie? Diavolo, sapeva perché. Ogni volta che si avvicinava il momento di decidere se riarruolarsi, cominciava a pensare a casa sua. La maggior parte dei suoi amici delle superiori erano sposati e avevano dei figli. Hank aveva sempre voluto dei bambini, ma i SEALs non erano granché, come mariti e genitori. Erano quasi sempre via, a volte senza aver modo di contattare chi restava a casa.

«Tenetevi pronti.» Il tenente Mike si appostò di fianco a Montana. «Big Bird, non sparare finché non ti do il segnale.»

«Ricevuto» rispose Big Bird.

Benché nuovo per il team, il tenente Mike era nei SEALs da quattro anni e aveva alle spalle ben dieci incarichi sul campo. Era un militare esperto, ma il recente matrimonio sembrava averlo rallentato. Era diventato più cauto nell'affrontare le situazioni pericolose. Stando alle voci che giravano, sua moglie era incinta del loro primo figlio.

«Andiamo» disse.

Il suono mutato del fucile di Big Bird era il segnale che Montana stava aspettando.

La guardia dell'ISIS posizionata sul tetto si piegò e cadde a terra con un tonfo sordo.

Montana trattenne il respiro, le orecchie tese in attesa di captare un grido di allarme che non arrivò. Eliminata la sentinella, Montana aveva la strada libera fino al muro. Si mise a correre, tenendosi basso, l'arma pronta, lo sguardo che perlustrava la cima del muro, alla ricerca delle tracce termiche verdi che avrebbero rivelato la presenza di corpi caldi.

Swede e Stingray lo seguivano da vicino.

Aveva una brutta sensazione. C'era qualcosa che non andava, ma la missione doveva procedere. Avevano un nemico da catturare e una donna da portare in salvo, prima di poter tornare in Virginia.

Montana si inginocchiò alla base del muro, spostò il fucile e giunse le mani.

Swede lo raggiunse, poggiò un piede sulle sue mani e si lanciò verso l'alto. Si aggrappò alla cima del muro, si tirò su fino a superarlo e si lasciò cadere dall'altra parte.

Poi toccò a Stingray, Nacho, Irish e il tenente Mike.

Big Bird sarebbe rimasto in cima a un edificio nelle vicinanze: sarebbe stato i loro occhi e le loro orecchie, pronto a segnalare chiunque si avvicinasse al complesso, e avrebbe fornito fuoco di copertura nel momento in cui sarebbero usciti con l'operatrice umanitaria.

Il tenente Mike si era fermato in cima al muro e allungò una mano verso Montana, aiutandolo a salire.

Swede e Nacho si erano già spostati verso l'edificio principale, un lato del quale era crollato, come una ferita aperta. Gli altri muri erano segnati da proiettili e schegge. Il gigantesco portone di legno era intatto e, stranamente, incustodito.

«C'è qualcosa che non va» sussurrò Swede a Montana attraverso gli auricolari.

«Atteniamoci al piano» rispose il tenente Mike.

«Entro» confermò Swede, scivolando nell'angolo crepato della struttura e scavalcando la parte di muro ancora in piedi.

Nacho aspettò il segnale di Swede. «Libero.»

Anche lui saltò il muro e si infilò tra i mattoni crollati, sparendo nell'enorme buco.

Toccò poi al tenente Mike, seguito da Montana. Irish chiudeva la fila.

Una volta dentro, i muri sembrarono chiudersi attorno a Montana.

Il tenente Mike andò avanti spedito, superando i detriti del crollo.

Swede e Nacho erano in piedi accanto a una porta che dava accesso alle parti più interne della residenza un tempo riccamente decorata. Swede infilò un coltello nello stipite, mentre Nacho puntava il fucile sulla porta, pronto a tutto. Un rapido colpo e la serratura cedette. Swede fece un cenno a Nacho, aprì la porta con uno strattone e fece un passo indietro. Non successe nulla. Nacho entrò e si spostò subito di lato, lasciando il passaggio libero per Swede e per il tenente.

Si spostarono nell'edificio, da una stanza all'altra.

«Qui non c'è nessuno» osservò Montana

«Allora cosa ci faceva la guardia sul tetto?» chiese Big Bird, ancora collegato attraverso le radio ricetrasmittenti nei loro caschi.

«Pensate sia una trappola?» domandò Irish.

«Dobbiamo controllare tutte le stanze» ordinò il tenente Mike.

Montana soffocò un grugnito. Quel posto doveva essere più di mille metri quadri, senza contare eventuali bunker sotterranei che potevano essere stati costruiti dallo sceicco come struttura difensiva. Il tenente, però, aveva ragione. Se non avessero controllato ovunque, non avrebbero potuto avere la certezza che il loro obiettivo ISIS e l'operatrice umanitaria non fossero lì.

Completata la perlustrazione del piano terra e dei piani superiori, imboccarono delle scale che scendevano. Quei gradini non avevano la sontuosa pavimentazione di granito del livello principale: erano di nudo cemento e portavano a una porta in acciaio rinforzata.

Montana avanzò di nuovo per primo, fissò dei panetti di esplosivo C-4 vicino alla maniglia e pigiò un detonatore nella sostanza simile ad argilla.

Tutti tornarono al piano terra e si misero le mani sulle orecchie.

Montana schiacciò il pulsante sul detonatore. Un tonfo sordo scosse il pavimento sotto i suoi piedi, e una nuvola di polvere risalì lungo le scale.

Il tenente Mike alzò una mano. «Aspettiamo che si dissolva un po'.» Finalmente la abbassò e fece strada al piano di sotto.

La porta era scardinata, con un buco scuro e dal bordo increspato nel metallo. L'ingresso conduceva in un tunnel con porte su entrambi i lati. Al soffitto erano appese lampadine fluorescenti ingiallite. Alla fine del lungo corridoio videro un'altra porta.

Il team si divise, in modo da perlustrare tutte le stanze, una alla volta. Le porte non erano chiuse, ma le serrature erano esterne. Montana venne percorso da un brivido, in parte per il freddo di quel sotterraneo, e in parte per la consapevolezza che lo sceicco poteva aver usato quelle stanze per imprigionarvi delle persone. Niente, però, indicava che vi fosse stata tenuta l'operatrice umanitaria.

La porta in fondo al corridoio era chiusa a chiave. Montana posizionò una piccola carica di esplosivo, e tutta la squadra si nascose dietro le porte delle celle in attesa che la carica esplodesse. Montana aveva usato solo esplosivo sufficiente a smantellare la serratura. Non voleva danneggiare la struttura dei sotterranei e rischiare di intrappolarvi la squadra, o causare loro ferite per l'esplosione.

«Hai un dono» commentò Nacho con un ghigno, mentre seguiva il tenente Mike in un tunnel molto più stretto.

«Siamo in un tunnel sotto l'edificio» disse il tenente Mike alla ricetrasmittente.

Montana dubitava che Big Bird fuori fosse in grado di sentirli. Presto avrebbero scoperto dove portava quel passaggio sotterraneo. Sfortunatamente, non avrebbero avuto un tiratore a fornire copertura, nel momento in cui sarebbero sbucati fuori da lì.

Continuando ad avanzare nel tunnel, l'arma pronta a far fuoco, Montana aveva i nervi a fior di pelle e lo stomaco chiuso in una morsa. Se volevano avere qualche speranza di salvare l'operatrice umanitaria, dovevano trovarla presto. I militanti dell'ISIS avevano l'abitudine di torturare e uccidere chiunque potessero usare come esempio, piuttosto che tenerli vivo. I prigionieri rallentavano il loro attacco e ostacolavano il loro piano di impossessarsi di tutto ciò che trovavano sul loro cammino.

Finalmente il tunnel sbucò in quello che sembrava un enorme magazzino.

«Mi sembra una caccia ai fantasmi» mormorò Swede.

«Solo che sono i fantasmi che vogliono acchiapparci, non il contrario» replicò Irish.

Salirono una rampa di scale che li fece sbucare in un'enorme stanza vuota.

«Dannazione.» Swede si chinò su un cumulo scuro sul pavimento.

Nacho emise una sfilza di bestemmie in spagnolo.

«Abbiamo trovato l'operatrice umanitaria.»

Quello che Montana aveva pensato essere un mucchio di stracci era invece una donna, i vestiti a brandelli, il corpo devastato, il viso martoriato. Aveva gli occhi spalancati rivolti al soffitto.

Swede le si inginocchiò accanto e le appoggiò le dita alla base del collo.

A Montana si rivoltò lo stomaco, alla vista di quel corpo dilaniato. Avrebbe potuto dirlo anche lui a Swede che era già morta. Una vita distrutta, e per cosa? «Dobbiamo andarcene da qui.»

Montana alzò lo sguardo al rumore di passi. Un uomo era in piedi su una passerella, cinque o sei metri sopra di loro. Gridò qualcosa in pashtu che finì con *Allah,* rimosse la sicura di una bomba a mano e la lanciò in mezzo a loro.

«Cazzo!» Montana girò il fucile e gli sparò. L'uomo cadde a terra, ma era troppo tardi.

La granata rotolò verso Swede, ancora accovacciato accanto al corpo della donna.

«A terra!» gridò il tenente Mike, gettandosi sulla granata.

«No!» gridò Montana, appena prima che la granata esplodesse sotto il loro leader.

La forza dell'impatto si ripercosse nell'intera stanza, gettando Montana a terra. I suoi ultimi pensieri furono la sua casa, e la ragazza che un tempo aveva amato.

CAPITOLO 2

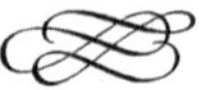

Sadie McClain non aveva dormito molto, la notte precedente. Si disse che era perché era in un letto diverso, con un clima diverso, in uno Stato diverso da quelli a cui era abituata, ma era solo una mezza verità. Era a casa, in Montana, ma non aveva ricevuto il benvenuto che si era aspettata. E non si sentiva affatto più rilassata di quando era attorniata da persone, traffico e inquinamento a Los Angeles.

Era proprio vero che non si poteva mai tornare indietro, neanche se si tornava nello stesso luogo. Eagle Rock non era più la stessa cittadina che era stata tanti anni prima, quando l'aveva lasciata per andare a studiare all'Università della California. Forse, se avesse mantenuto i rapporti con le persone con cui era cresciuta, sarebbe stato diverso. Invece, le settimane si erano trasformate in mesi, i mesi in anni, e tutti i suoi compagni di scuola erano andati avanti con la loro vita o si erano trasferiti altrove.

In California, un'audizione fatta quasi per caso le aveva dato accesso a una selezione, e da lì alla proposta di interpretare un ruolo da protagonista, un vero colpo di fortuna per un'attrice alle prime armi. Ancora più incredibile, il film era stato un successo. Chi avrebbe mai pensato che una ragazza di campagna proveniente dalle selvagge terre del Montana avrebbe potuto sfondare? Sei film con incassi miliardari avevano fatto di Sadie McClain una delle attrici meglio pagate di tutti i tempi. Gli impegni sui vari set e le apparizioni in pubblico l'avevano tenuta lontana da casa per undici anni. Era tornata per visite brevi, per i funerali dei genitori e il matrimonio del fratello, ma non si era mai fermata a lungo. Non poteva. I ricordi di Hank e dei suoi genitori rendevano l'essere a casa un'esperienza troppo dolorosa.

Eagle Rock non era cambiata molto. L'unico piccolo supermercato in città aveva chiuso i battenti, e ora gli abitanti dovevano andare altrove, per fare la spesa. Certo, c'era un negozio che teneva le cose di prima necessità, uova, pane, salumi e latticini, ma per avere più scelta e prezzi più bassi bisognava guidare per una cinquantina chilometri.

Dopo quattro anni nel corpo dei Marines, suo

fratello era tornato in Montana, era andato al college, si era laureato in architettura e aveva sposato Carla. Quando i loro genitori erano venuti a mancare, Fin era tornato al ranch di famiglia, contento di allevare bestiame, addestrare cavalli e coltivare l'orto in estate.

Sadie non sarebbe mai tornata, ma aveva bisogno di un rifugio per nascondersi da uno stalker molto insistente. Tim Wallis aveva seguito la sua carriera fin dalla prima volta che lei era apparsa sullo schermo. Dovunque si girasse, se lo trovava davanti. Aveva finto di far parte del gruppo dei paparazzi, ma nessuna delle sue foto era mai apparsa in una rivista o un tabloid. Si era persino intrufolato nella sua proprietà di Los Angeles per avvicinarsi di più a lei. Sadie aveva chiesto al suo agente di prendere un avvocato che aveva presentato un'ingiunzione restrittiva, ma continuava a vederlo ovunque.

Lo stress di essere sempre sotto gli occhi del pubblico e la solitudine di essere circondata da persone che non conosceva o a cui non era legata alla fine l'avevano spinta a tornare in quella casa che aveva abbandonato anni prima. Aveva bisogno di staccare la spina e respirare, e di rivalutare la sua carriera e le sue scelte di vita.

Sadie guardò fuori dalla finestra della sua camera da letto al primo piano della vecchia casa.

La finestra era l'unica cosa che non era cambiata. Dopo la morte dei loro genitori, suo fratello Fin e sua moglie Carla erano venuti ad abitare lì. Carla aveva cambiato tutto, dalle tende all'arredamento. Il suo letto a baldacchino e la trapunta che sua madre aveva fatto per il suo sedicesimo compleanno erano spariti.

Al loro posto c'erano una testiera moderna rivestita di tessuto e uno sterile piumone bianco, simile a quelli che Sadie trovava negli hotel in cui spesso risiedeva quando girava. Non era più casa sua, non si sentiva più a suo agio nella casa in cui era cresciuta. Sua madre e suo padre non c'erano più, e anche tutte le loro cose erano sparite. Niente era più lo stesso. Sadie mise a tacere un'ombra di risentimento, raddrizzò le spalle e ricordò a sé stessa che si trovava nella casa di un'altra donna.

Anche se metà del White Oak Ranch era suo, aveva lasciato la gestione quotidiana in mano al fratello. Si limitava a infondervi denaro quando aveva bisogno di nuove attrezzature o servizi costosi per i cavalli e il bestiame.

Mentre guardava fuori dalla finestra, ripensò ai tempi lontani in cui un giovane cowboy si arrampicava sul traliccio fino alla finestra della sua stanza, dove poi restava fino a dopo mezzanotte. Sadie si era innamorata di quel cowboy, e aveva sognato di vivere nel Montana e mettere su famiglia.

Avrebbe sacrificato il suo sogno, per lui.

Sadie sospirò e distolse lo sguardo dalle Crazy Mountains, le cui cime erano coperte dalla prima neve della stagione. Dopo essere rimasta al ranch per due giorni, era finalmente pronta ad andare in città per comprare un paio di cose al minimarket, e magari fermarsi allo Al's Diner, dove aveva lavorato da ragazzina.

Fin le aveva detto che Al era ancora vivo, nonostante il suo amore per il cibo fritto e il whisky da poco. Il vecchio cuoco era un tipo burbero, ma si era sempre preso cura di lei, intervenendo quando i cowboy chiassosi diventavano troppo insolenti.

Sadie scese al piano di sotto. «Fin? Carla?»

Non rispose nessuno. Fin non era ancora rientrato da quando era uscito all'alba per occuparsi degli animali. Aveva detto qualcosa su una staccionata da riparare a nord, e che non sarebbe tornato per pranzo.

Carla doveva averlo preso in parola. Non era in casa, e una breve occhiata fuori le rivelò che non c'era neanche la sua auto. Lieta di poter uscire di casa senza dover dare spiegazioni a nessuno su dove stesse andando e chi avrebbe visto, Sadie salì sulla Jeep che aveva noleggiato, uscì dal cortile e imboccò il viale sterrato che l'avrebbe condotta alla strada principale.

Il panorama non era cambiato molto. Quella era

la terra dov'era cresciuta: aveva giocato in quei campi, scalato quelle colline e aveva cavalcato per i pascoli come una bambina scatenata. I cavalli non erano più gli stessi, e la casa e la stalla erano stati riverniciati, ma quello che la colpì fu quanto era cambiata *lei,* e quanto desiderava che non fosse così. Le mancavano i giorni spensierati dell'estate, e le visite notturne di Hank.

A essere onesta con se stessa, era Hank Patterson che le mancava. Lui e lo stupido giovane amore che avevano condiviso da adolescenti. Era quello il vero motivo per cui non era tornata a casa molto, negli ultimi undici anni: Hank non c'era.

Le si strinse il cuore. Dopo tutti quegli anni, pensava che sarebbe riuscita a gestire un soggiorno prolungato. Si sbagliava.

Il tragitto fino a Eagle Rock non era lungo. Passò davanti all'ingresso del Bear Creek Ranch e rallentò per far scorrere lo sguardo lungo la strada tortuosa che spariva tra i sempreverdi. Dopo un lungo istante, si riscosse. Che cosa si aspettava? Hank non vedeva l'ora di andarsene da quel buco di città e ancora di più di liberarsi dal pugno di ferro di suo padre. Lloyd Patterson si era sempre comportato in modo civile, con lei. Tuttavia, dalla rabbia sorda di Hank e dal modo in cui serrava la mascella ogni volta che parlava del padre, Sadie aveva capito che non avevano un buon rapporto, e che non l'avrebbero mai avuto.

Sadie aveva capito fin da subito che Hank avrebbe dovuto lasciare il Bear Creek Ranch, per costruirsi una sua vita. Mentre a Sadie non sarebbe dispiaciuto rimanere lì, Hank doveva andarsene per dimostrare a suo padre e a se stesso che poteva farcela da solo.

Sadie sentì il cuore gonfiarsi di orgoglio al ricordo del giorno in cui Hank si era diplomato. Aveva letto tutto quello che aveva trovato sull'addestramento dei SEALs. Hank era riuscito dove più del settanta percento di chi provava falliva e mollava nelle prime settimane. Lui non sapeva che lei stesse assistendo alla cerimonia, e non gli si era avvicinata. Hank stava inseguendo il suo sogno, e Sadie non voleva essere la forza che lo avrebbe fatto deragliare. Diamine, probabilmente si era dimenticato di lei non appena aveva ripulito la polvere del ranch dagli stivali.

Per Sadie non era stato così. Pensava spesso a Hank, e si preoccupava per lui. I SEALs conducevano vite pericolose. Venivano spediti in territori ostili e dovevano affrontare i terroristi più efferati.

Nell'avvicinarsi a Eagle Rock, si fermò a uno stop. Un pick-up carico di sacchi di mangime attraversò l'incrocio, e uno dei sacchi da venticinque chili scivolò giù dal cassone, finì a terra e si spaccò, dispendendo il contenuto sulla strada.

Sadie fece un cenno al conducente, accostò e scese dalla Jeep.

L'uomo alla guida dell'altro veicolo si fermò sul ciglio della strada, e ne uscì con lo sguardo torvo.

Il cuore di Sadie fece una capriola. Avrebbe riconosciuto quell'uomo alto dai capelli grigi ovunque. Suo figlio gli assomigliava così tanto da farle male. «Buongiorno, Signor Patterson.» Il padre di Hank aveva sempre avuto un aspetto un po' minaccioso. Il piglio che sembrava scolpito nella sua espressione aveva fatto fuggire più di un sovrintendente dal Bear Creek Ranch, dove era cresciuto Hank.

L'uomo grugnì una risposta al suo saluto e si mise a fissare il mangime sparso sulla strada. «Dei ragazzini buoni a nulla! Non sanno neanche impilare un carico in modo che non cada. Parlerò con Bergman del ragazzo che ha preso per caricare il mangime.»

Sadie si accovacciò accanto ai lembi di carta strappata e cercò di raccogliere il mangime nella metà del sacco rimasta. «Sono sicura che non l'abbia fatto apposta. Come sta?» Anche se avrebbe voluto chiedergli di Hank.

«L'artrite mi sta dando problemi alle ginocchia e Allie vuole farmi andare dal dottore.» Sbuffò spazientito. «Non ho mica tempo per andare fino a Bozeman da un dottore che mi chiederà una fortuna solo per dirmi quello che già so: sto diventando vecchio.» Si accucciò e cercò di recuperare quello che poteva del mangime.

«Non vedo Allie da quando aveva quindici anni. Chissà com'è cresciuta» commentò Sadie.

Lloyd sollevò la metà più grande del sacco da terra e si rimise in piedi con un gemito. «Eccome. E pensa di poter comandare. Devo farla sposare prima che mi faccia impazzire.»

Sadie rise, prese l'altra metà del sacco e lo seguì verso il retro del pick-up.

Il vecchio allevatore sistemò il suo carico tra la pila di sacchi e il vano della ruota, poi si girò per prendere l'altra metà da Sadie. Incastrò anche quella, poi tornò a girarsi verso di lei, aggrottando ancora di più la fronte. «Sei la ragazza McClain del ranch vicino al nostro, giusto?»

Sadie sorrise e allungò la mano per stringergliela. «Sadie McClain. Sono sorpresa che si ricordi di me.»

«Mi ricordo che venivi da noi su quel vecchio ronzino ogni sabato pomeriggio. Quando c'eri tu, era impossibile convincere Hank a fare qualsiasi cosa.»

Il sorriso di Sadie si spense al ricordo di quegli anni felici. «Mi spiace se disturbavo il vostro lavoro.» Ma non era certo dispiaciuta per i ricordi che lei e Hank avevano creato insieme. «A proposito di Hank...» Il sacco di mangime che il signor Patterson aveva appena riposizionato nel cassone si spezzò di nuovo e cadde a terra. Sadie si abbassò per afferrare quello che poteva.

Lo scoppio di un colpo di fucile risuonò nell'aria. L'uomo di fronte a lei barcollò all'indietro e si portò una mano alla spalla, mentre una macchia rossa si allargava sulla camicia azzurra. «Che diavolo?» inveì, gli occhi spalancati mentre fissava il sangue che gli bagnava le dita. Impallidì e lanciò un'occhiata a Sadie, mentre si lasciava cadere in ginocchio.

«Signor Patterson?» Sadie lasciò cadere il sacco e si allungò verso di lui. Un altro scoppio e qualcosa colpì uno dei sacchi di mangime accanto alla sua testa, facendo uscire del grano.

Sadie si accovacciò e fece stendere anche Lloyd a terra. Coprì il suo corpo con il proprio e in automatico allungò la mano per recuperare il cellulare dalla tasca posteriore dei jeans. Fu allora che si ricordò di averlo lasciato in camera. Non che avesse importanza: i cellulari funzionavano di rado, fuori da Eagle Rock. Il ripetitore più vicino non lo era abbastanza per fare la differenza. La maggior parte delle persone aveva ancora una linea fissa.

«Signor Patterson, si sente bene?» chiese Sadie.

«Diavolo no, non sto bene. Mi hanno appena sparato e non riesco a respirare.» La rabbia sembrò spegnersi. «Aiutami ad alzarmi.»

Sadie gli premette una mano sulla spalla sana. «Stia giù. Non sappiamo se spareranno ancora.»

«Allora prendi il mio fucile dalla rastrelliera del sedile posteriore e rispondi al fuoco» la incitò, mentre la rabbia di prima tornava. «Non posso restarmene qui a terra tutto il giorno, o morirò dissanguato.»

Aveva ragione sul sanguinamento. Una pozza di sangue si stava già allargando sull'asfalto.

Il cuore di Sadie batteva all'impazzata. Nessuna delle parti che aveva interpretato nei suoi film l'aveva preparata ad affrontare una situazione del genere. Essere cresciuta in un ranch, però, l'aiutò a mantenere una certa lucidità.

Doveva portare Lloyd da un medico prima che perdesse i sensi. «Resti qui.»

«No che non resto qui.»

«Vado a prendere la Jeep e la piazzerò qui davanti, in modo che blocchi eventuali altre pallottole. Ci metterò un attimo.»

Sadie si staccò da Lloyd e strisciò verso la macchina a noleggio. Risuonò un altro sparo, e della ghiaia le schizzò sul viso. Strisciando ci avrebbe impiegato troppo tempo: doveva muoversi. Si alzò in piedi e si lanciò verso lo sportello aperto della Jeep. Si lanciò dentro, atterrando sul sedile del guidatore. Tenendo la testa sotto il livello del cruscotto, ingranò la marcia e avvicinò il fuoristrada a Patterson, piazzando la massa di metallo tra lui e chi stava facendo fuoco.

Una volta che l'aveva riparato, si spostò sul sedile del passeggero, aprì la portiera e scivolò a terra.

Lloyd aveva la mascella serrata e la pelle grigiastra.

Sadie doveva tamponare il flusso di sangue prima di spostarlo. Si strappò l'orlo della camicia, lo appallottolò e sfiorò la mano con cui Lloyd copriva la ferita.

«Lasci fare a me.»

«Sei un'infermiera, ora?» disse lui a denti stretti.

«No, ma ne ho interpretato una in un film.»

«Non ho bisogno di attrici per gioco che pasticciano con la mia spalla» brontolò.

Sadie non aveva tempo di discutere con quel vecchio burbero. «Be', è quello che passa il convento. Si faccia aiutare.» Gli spinse la mano di lato, premette la compressa di tessuto sulla ferita, quindi tornò a piazzargli la mano sulla spalla. «Lo tenga così mentre l'aiuto a salire in macchina.»

«Sei una donna prepotente. Mi ricordi Allie.»

Sadie gli fece scivolare un braccio attorno al corpo e sollevò con tutta la forza che aveva.

Lloyd cercò di aiutare, ma non era stabile sulle gambe, e fu Sadie a guidarlo, sollevarlo e spingerlo sul sedile posteriore della Jeep.

«Sono in grado di guidare.» La frase terminò in un gemito.

«Col cavolo.» Sadie gli spinse dentro la gamba, chiuse la portiera e si arrampicò sui sedili anteriori, tenendosi sotto i finestrini, sperando che l'esterno del veicolo avrebbe fermato eventuali altre pallottole. «Adesso la porto all'ambulatorio medico, poi chiamo lo Sceriffo.»

«Non servirà a niente. Sarà stato un cacciatore che non sa distinguere un cervo da un autobus» osservò Lloyd tra i denti.

«Può darsi, ma bisogna denunciare l'accaduto.» Se chi aveva sparato era stato un cacciatore, la domanda era: che cosa stava cacciando? Aveva colpito Lloyd, poi aveva quasi colpito lei, due volte. Per come erano stati vicini quei colpi, doveva per forza aver mirato a lei.

Un colpo mandò in frantumi il finestrino dal lato del guidatore, riempiendole i capelli e il braccio di frammenti di vetro. Sadie si chinò ancora di più, il cuore in gola.

Con Lloyd che contava su di lei per arrivare in fretta alla clinica, non aveva tempo di soccombere alla paura. Rannicchiata sul sedile del guidatore, ingranò la marcia e premette sull'acceleratore.

Sbirciando attraverso il volante, riuscì a evitare di andare addosso al segnale di stop e a mettere un centinaio di metri tra loro e l'incrocio. Guidando verso Eagle Rock, si raddrizzò piano sul sedile, lo sguardo che passava dalla strada, a Lloyd, allo specchietto retrovisore.

Col cavolo del cacciatore di cervi. Qualcuno aveva cercato di sparare a lei e Lloyd, e non si sarebbe sentita al sicuro fino a quando non avessero catturato il colpevole. Nel frattempo, avrebbe sempre attraversato quell'incrocio senza rallentare, e che lo sceriffo le desse pure la multa. Erano quelli i momenti in cui non le piaceva affatto vivere in una cittadina sperduta, con poche case distanti le une dalle altre. Anche se avesse avuto con sé il cellulare, non avrebbe potuto usarlo, per la mancanza di segnale. Dov'erano gli eroi alfa alti, belli e muscolosi, quando avevi bisogno che uno accorresse da te con un telefono satellitare o, ancora meglio, con un elicottero?

CAPITOLO 3

«Ho spiegato che si trattava solo di una ferita superficiale, e loro cosa fanno?» Hank si sistemò meglio la giacca di pelle che Tuck aveva trovato nel suo armadio e gli aveva portato all'ospedale di Bethesda, dove lui e Swede erano ricoverati per le ferite riportate durante l'esplosione.

Swede era seduto in un letto bianco sterile, con addosso un camice stinto legato dietro, e stava mangiando la sbobba della cucina dell'ospedale. Aveva ancora la testa bendata, dove era stato colpito dalle schegge della granata, e la mano fasciata come quella di una mummia gli rendeva difficile tenere in mano la forchetta. I medici gli avevano assicurato di avere estratto tutti i frammenti di metallo dalla schiena e dalle gambe: Swede avrebbe scoperto se il lavoro era stato fatto a dovere quando si fosse trovato a passare sotto il metal detector di un aeroporto commerciale.

Swede si fermò con la forchettata di pollo gommoso a mezz'aria. «Cosa hanno fatto?»

«Presenteranno il mio caso alla commissione medica.» Hank si avvicinò alla finestra e guardò fuori. Il cielo nuvoloso combaciava perfettamente col suo umore tetro. «Potrei essere congedato per colpa di questa maledetta gamba.» Tirò un calcio nel vuoto e trasalì dal dolore, andando a toccarsi il lato del ginocchio che aveva subito il danno maggiore.

«Se congedano *te*, che cosa faranno a *me*?» Swede alzò la mano fasciata alla testa, forchetta e tutto. «Un trauma cranico come il mio significa in automatico la fine di una carriera militare.»

Le lesioni cerebrali traumatiche erano una cosa seria. Un minuto potevi stare bene, e il successivo essere a terra, privo di sensi.

«Hai mal di testa?» chiese Hank.

«Ogni tanto» ammise Swede. «Diavolo, ho preso un bel colpo. Ho i punti, mi hanno rasato i capelli...»

Hank rise. «Era lì che stava tutta la tua forza? In quella folta capigliatura?»

Swede aveva sempre portato i capelli biondi lunghi, come un dio nordico.

«Sì, cazzo! Mi sento debole come un gattino.»

Si guardò la mano fasciata. «Non riesco nemmeno a reggere una forchetta, figurati una nove millimetri. Per non parlare dell'M4. L'unica cosa buona di trovarsi bloccato in questo letto è la bella infermiera del turno di notte."

«Ti senti confuso o hai le vertigini?» Hank lo osservò corrugando la fronte. «Sei lucido, giusto?»

«L'unica cosa che mi confonde è come legare questo cazzo di camice. Non che riuscirei comunque a farlo da solo, con questa fasciatura. Niente vertigini» aggiunse. «Sono molto lucido, tanto che so che voglio uscire da questo ospedale. Ieri, se possibile.»

«Com'è la bistecca?» chiese Hank, trattenendo un sorriso e facendogli l'occhiolino.

«Fa schifo. Sa più di pollo.» Gli lanciò un'occhiataccia. «Vorrei che fosse una bistecca. Non vedo l'ora di tornarmene a casa.»

Hank si passò una mano sul viso. «La commissione medica non si riunisce prima di un mese. Mi hanno suggerito di prendermi un congedo fino ad allora. L'ortopedico non vuole che io riprenda a correre prima di aver fatto un paio di mesi di fisioterapia. Come diavolo faccio a mantenermi in forma, se non posso fare esercizio fisico?»

Swede scosse la testa e fece una smorfia. «Non hai mai pensato che stiamo guardando la cosa dalla prospettiva sbagliata?» gli chiese l'amico con voce sommessa.

"Sono un SEAL. A che cosa servo, se non posso allenarmi?»

«Per quanto io non sopporti gli ospedali, tu e io siamo stati i fortunati.» Swede posò la forchetta sul tavolino a rotelle e lo spinse di lato. «Il tenente Mike non tornerà a casa. Sua moglie non gli darà il bacio della buona notte, e suo figlio non conoscerà mai suo padre.»

Hank si sedette sulla sedia di fianco al letto di Swede e fissò il muro. Aveva lo stomaco chiuso in una morsa. «Perché l'ha fatto?»

«Per lo stesso motivo per cui l'avremmo fatto tu o io, se fossimo stati quelli più vicini alla granata. Il tenente ha avuto la sfiga di trovarsi nel posto sbagliato. Ci ha salvato tutti.»

«Avremmo potuto scappare...»

Swede scosse la testa. «Non ce l'avremmo fatta.» Fece un sospiro. «Quello che conta è che il tenente Mike ci ha dato una seconda possibilità. Chiederci che cosa avrebbe potuto essere è inutile. Dobbiamo andare avanti e fare qualcosa di buono delle nostre vite. È quello che il tenente avrebbe voluto.»

«Glielo dobbiamo.»

«Esatto. Non possiamo sprecare quest'opportunità di vivere le nostre vite nel modo migliore possibile.»

Hank alzò lo sguardo e annuì. «E cercare di fare qualcosa di buono.»

«Hai pensato di tornare nel Montana per una visita? O meglio ancora, potresti occuparti del ranch, come facevi prima di entrare in Marina.»

Hank scosse la testa. «Sono entrato in Marina per andarmene dal Montana.»

«O magari lo hai fatto per dimostrare a tuo padre che non avevi bisogno di lui?»

Swede lo conosceva meglio di quanto Hank non conoscesse se stesso. «In parte. Di sicuro non posso tornare in Montana col culo per terra, senza lavoro, e incapace di fare altro se non far piazzare esplosivi. No, non posso tornare a casa.»

"So che tu e tuo padre non siete mai andati d'accordo, ma che mi dici di tua sorella? Non le fa piacere, quando vai a trovarli?»

Hank sorrise. «Allie ne sarebbe felicissima. Il problema è che, ogni volta che torno a casa, mio padre non perde occasione di rimarcare che sto perdendo tempo in Marina, e che dovrei dedicarmi a ciò che so fare davvero.»

«Che sarebbe?»

«Di certo non fare saltare in aria le cose. No, pensa che dovrei occuparmi del ranch.»

«Se la commissione medica ti sbatte fuori dall'esercito, lo farai?»

Hank scosse la testa. «Non potrei mai tornare a lavorare con mio padre. Non andiamo d'accordo, non siamo mai andati d'accordo.»

«E lavorare in un altro ranch?»

«Non lo so. Mi piace ciò che facciamo nei SEALs: salvare i buoni ed eliminare i cattivi.»

«E non è quello che faresti anche come allevatore?» domandò Swede. «Abbatti i lupi che attaccano il bestiame innocente.»

«È diverso.» Hank si passò una mano tra i capelli.

«Se ti piace proteggere gli innocenti, potresti lavorare nella sicurezza.»

«Non se ne parla. Non finirò a fare la guardia in un centro commerciale. Mi sparerei dalla noia.»

Swede si mise a ridere. «No, non quel tipo di sicurezza. Parlavo più di servizi di protezione personale, tipo una guardia del corpo. Potresti proporti per proteggere un uomo d'affari importante, o un politico.»

«Ora che ci penso, in effetti l'idea di fare qualcosa in Montana non mi dispiace.»

Swede alzò la mano da mummia. «Diavolo, il Montana non è forse pieno di ricconi e gente famosa? Non hanno bisogno di guardie del corpo?»

«Immagino di sì.» Hank non aveva mai considerato i servizi di protezione come possibile occupazione da civile. Nella vita non aveva fatto altro che occuparsi del bestiame e far parte dei SEALs. Ma non era male, come idea.

«Sto solo dicendo che potresti pensarci.» Swede si risistemò sul cuscino, pizzicandosi il dorso del naso. «Se ti congedano per motivi medici, qualcosa devi fare. Ho sentito dire che le Crazy Mountains sono spettacolari. Spero di vederle, un giorno.»

«Devi assolutamente vederle. Non esiste un posto così, al mondo.» Il cellulare di Hank vibrò nella tasca dei suoi pantaloni. Si alzò in piedi, cercando di trattenere la smorfia quando il dolore riverberò in tutta la gamba. Pescò l'apparecchio dalla tasca posteriore e vide che era sua sorella Allie. Guardò Swede. «È mia sorella. Ti dispiace se rispondo?»

«Fai pure. Dille che la saluto e chiedile quando ha intenzione di sposarmi.» Poi Swede fece una smorfia e chiuse gli occhi.

Hank si voltò e andò in corridoio, premendo il tasto di risposta. «Ehi, Allie piccola.»

«Hank, abbiamo bisogno di te a casa» disse subito lei, senza i soliti saluti. «Hanno sparato a papà.»

Il giorno dopo la sparatoria, Sadie decise di guidare fino a Bozeman per andare a fare visita a Lloyd Patterson. Entrando nel corridoio del reparto nel quale era ricoverato, riconobbe subito la figlia ventiseienne del vecchio cowboy, che andava avanti e indietro di fronte alla sua stanza.

«Come sta tuo padre, Allie?»

Allie arricciò il naso. «È di cattivo umore e vuole già andarsene a casa. Ma è vivo, grazie a te.» L'abbracciò. «So che è un vecchio brontolone, ma è il mio vecchio brontolone.»

Sadie sorrise. «So cosa intendi. Darei qualsiasi cosa per riavere i miei genitori.» Il suo cuore si riempiva di tristezza ogniqualvolta pensava ai suoi genitori. Erano morti in un incidente d'auto mentre stavano andando a Helena per festeggiare il loro anniversario di matrimonio, e Sadie ne sentiva terribilmente la mancanza.

«Mi piacerebbe poter pensare che è di cattivo umore perché sta meglio.» Allie sospirò. «Ma è sempre di cattivo umore. Soprattutto da quando Hank se n'è andato, undici anni fa.»

«Davvero? Pensavo che se ne fosse fatto una ragione, dopo tutto questo tempo.»

«Non lo ha mai perdonato.» Allie spinse il petto in fuori e piegò il mento, abbassando la voce. «Il ranch è il suo lascito. Ha il dovere di preservarlo per i suoi figli, e per i figli dei suoi figli.»

Il modo in cui Allie aveva imitato la voce burbera del padre la fece scoppiare a ridere. «Posso capirlo. Io non so cosa avrei fatto, se mio fratello non si fosse fatto avanti per gestire il ranch che i miei genitori ci hanno lasciato. Io non c'ero quasi mai.»

Le labbra di Allie si aprirono in un grande sorriso. «No, è vero. Eri occupata a farti un nome importante nell'industria cinematografica. Congratulazioni per la nomination all'Oscar.»

Sadie scrollò le spalle. «Non ho vinto.»

«Ma sei stata nominata. Io farei i salti di gioia per un simile onore.» Allie la abbracciò di nuovo. «E posso dire che ti conoscevo quando eri una ragazza di campagna ai piedi delle Crazy Mountains del Montana.»

«Sono ancora una ragazza di campagna, non lasciarti ingannare dagli abiti firmati.» In realtà, non ne aveva indossato uno da quando aveva lasciato Los Angeles. A Eagle Rock, non era obbligata a vestirsi bene anche quando andava a fare la spesa. Era riuscita a fuggire dalla California a bordo di un jet privato e atterrare in Montana senza che i paparazzi lo sapessero. Quello era già un miracolo.

Sadie fece un cenno in direzione della porta chiusa. «Dici che posso entrare a salutarlo?»

Allie fece un gesto con la mano. «Accomodati.

Ho proprio bisogno di una pausa dalle continue lamentele sul cibo e sull'acqua sporca che qui chiamano caffè.» Fece una smorfia. «Parole sue, non mie. Ti avviso, però: è furioso. Il dottore pensa che dovrà essere operato alla spalla. Sta aspettando di parlare con l'ortopedico e decideranno cosa fare.»

«Non pensavo fosse così grave.»

«Già. Il colpo ha lesionato la cuffia dei rotatori e frantumato l'osso.»

«Mi dispiace.»

Allie le mise una mano sul braccio. «Sono felice che la pallottola non l'abbia ucciso. Con un braccio malandato possiamo convivere.»

Sadie avrebbe voluto poter fare di più, per proteggere il signor Patterson, ma non poteva immaginare che qualcuno avrebbe preso di mira quell'incrocio, quel giorno. «Hai ragione. Meglio un brontolio del silenzio di chi non c'è più.»

«Scendo alla caffetteria a prendere un'altra tazza di acqua sporca» disse Allie. «Penso che ne avrò bisogno, se sarà così irascibile tutto il pomeriggio. Posso portarti qualcosa?»

«No, grazie.» Preparandosi alla battaglia, Sadie spinse la porta e le sue narici vennero invase dall'odore del disinfettante.

Lloyd Patterson era seduto sul letto, mezzo camice infilato, l'altra metà ripiegata sul petto, per lasciare scoperte le bende sulla spalla destra.

L'espressione accigliata, stava cercando di far funzionare il telecomando del letto, la cui parte inferiore si stava sollevando. «Questo maledetto letto fa quello che vuole.» Premette un altro pulsante, e l'altra estremità cominciò ad abbassarsi. «Dannazione!»

«Signor Patterson?»

Lui sollevò lo guardo, la fronte ancora più aggrottata. «Spero che tu abbia novità su quel figlio di puttana che mi ha sparato.»

«Purtroppo no.»

«Allora perché diavolo sei venuta fino a Bozeman?»

A Sadie venne da ridere, ma si trattenne. Quell'uomo era sempre stato un orso, fin da quando, da ragazzina, aspettava che Hank finisse di lavorare nella stalla. Il tempo e l'età non avevano smussato quegli spigoli, forse il contrario.

«Sono venuta per vedere come sta» spiegò Sadie.

«Come pensi che stia?» brontolò. «Ho il fieno da impilare, la prima neve è dietro l'angolo, e non posso usare il braccio. Il dottore mi ha detto che forse non tornerà mai più come prima.» Lloyd poggiò la mano sulla spalla e trasalì dal dolore. «Ma lui che ne sa? È abbastanza giovane da essere mio figlio. Sentirò un altro parere, prima di accettare la sentenza di quel dottorino.»

«Mi spiace per il suo braccio, signor Patterson.» Anche se era ormai adulta, non riusciva a dargli del tu e a chiamarlo per nome. Era il padre di Hank, e per lei sarebbe sempre stato il signor Patterson. «C'è qualcosa che posso fare?»

Il vecchio cowboy guardò di nuovo il telecomando del letto e premette un pulsante. La parte bassa del materasso si sollevò, inclinandolo all'indietro. «Puoi farmi uscire di qui prima che questo letto mi uccida.»

«Mi spiace, ma quello non dipende da me. Allie e il chirurgo saranno in grado di aiutarla.» Sadie gli si avvicinò e prese in mano il telecomando. «Che cosa sta cercando di fare?»

«Voglio stare seduto, non trovarmi i piedi più alti della mia testa confusa.»

Sadie osservò la pulsantiera e premette il pulsante per abbassare i piedi, poi un altro che sollevava la testa. «Meglio?»

«Un po' più su» borbottò.

Sadie premette di nuovo il pulsante e la testiera salì ancora un po'.

«Così» disse lui.

Gli porse il telecomando e indicò uno dei pulsanti. «Quando vuole riposarsi, prema questo, e il letto si riabbasserà.» Poi gli sistemò il lenzuolo e la coperta. Faceva freschino, nella stanza, e Sadie aveva notato che lui aveva la pelle d'oca.

«Posso farlo io» protestò lui, scostandole la mano. «Ho ancora un braccio buono.»

«Sì, signore.» Appoggiò la borsa su una sedia, prese la caraffa di plastica piena d'acqua, riempì il suo bicchiere e glielo appoggiò a portata di mano sul comodino.

«Cosa ci fai ancora qui?»

«Le faccio un po' di compagnia. Sono sicura che si sta annoiando a morte a starsene qui a letto, quando è abituato a lavorare dalla mattina alla sera.»

«È proprio così. Ma non ho bisogno che un'attrice di Hollywood mi intrattenga.»

Sadie annuì. «Non sono qui come attrice, sono qui come amica.» Sadie si sedette sulla sedia accanto al letto e tirò fuori una rivista che aveva preso a prestito da quelle di suo fratello. Fin cercava di tenersi aggiornato sulle ultime novità sull'allevamento del bestiame e le colture per nutrirlo. «Le dà fastidio se leggo ad alta voce?»

«Preferirei che mi lasciassi in pace in modo che possa riposare. Quando arriva il dottore, gli chiederò di dimettermi.»

Sadie non disse nulla sul fatto che il ricovero avrebbe potuto prolungarsi, né sull'intervento chirurgico. Ci avrebbe pensato Allie, che sapeva come prenderlo. Nel frattempo, aprì la rivista e lesse ad alta voce un articolo che parlava di un particolare fungicida biologico contro malattie crittogamiche come il mosaicismo fogliare, l'oidio e le macchie nere nell'erba medica. Continuò con un articolo sui sintomi, la diagnosi e il trattamento delle ulcere corneali nei cavalli. L'articolo successivo era il racconto in prima persona di un allevatore del Nord Dakota che si era trovato un orso in cortile.

Il signor Patterson aveva smesso di lamentarsi ed era silenzioso.

Sadie alzò lo sguardo.

Il padre di Hank aveva la testa appoggiata al cuscino e gli occhi chiusi. Quando non aveva la fronte corrugata, le ricordava così tanto Hank che le si stringeva il cuore. Come sarebbe stata la sua vita se fosse rimasta lì, avesse sposato Hank e avesse vissuto al Bear Creek Ranch? Probabilmente avrebbero già avuto un paio di figli. Sadie aveva sempre pensato che sarebbero invecchiati insieme. Una fitta di rimpianto la colpì, e dovette deglutire per superare il nodo che aveva in gola. Ma era inutile piangere sulle scelte che avevano fatto. Lei aveva la sua vita, Hank lo stesso. I loro mondi non erano più compatibili.

Non capiva se Lloyd si fosse addormentato. Si chinò verso di lui, osservando il petto che si alzava e si abbassava.

Lloyd si accigliò e aprì un occhio. «Non vorrai

fermarti a metà della storia? Voglio sapere come ha fatto a ricacciarlo nel bosco.» Chiuse di nuovo gli occhi. «Anch'io mi sono trovato un orso in cortile, una volta. Se ne andò prima che potessi rientrare in casa a prendere il fucile.»

Sadie ricominciò a leggere la storia, mantenendo un tono tranquillo e pacato, nella speranza di calmarlo.

Dopo alcune righe, la porta si aprì.

Aspettandosi di vedere il dottore, un'infermiera o Allie, Sadie alzò lo sguardo con un sorriso.

Il sorriso si gelò quando vide l'uomo alto dalle spalle larghe sulla soglia. Il sangue sembrò rifluirle dalla testa e si trovò a barcollare, lieta di essere seduta, o avrebbe potuto finire a terra. «Hank?» sussurrò. «Sei proprio tu?»

CAPITOLO 4

Hank rimase impietrito, la mano sulla maniglia, lo sguardo fisso davanti a sé. Sadie McClain era seduta di fianco al letto di ospedale, i capelli biondi sciolti sulle spalle, gli occhi azzurri un po' sgranati, le morbide labbra rosa che formavano una "O" per la sorpresa. Si alzò, barcollò appena, sembrò impallidire e poi quasi arrossire.

Il suo cuore sembrò fermarsi per un lungo istante, come se anche il tempo si fosse fermato. Poi ricominciò a battere, quasi furioso, ricordandogli che era lì per suo padre, non per Sadie.

Hank la salutò con un cenno del capo. «Sadie.» Poi staccò lo sguardo da lei e lo spostò sul letto.

Suo padre spalancò gli occhi e lo fissò. «Che diavolo ci fai qui?» Sollevò una mano. «No, fammi indovinare. Allie!»

La porta si riaprì, e Allie entrò camminando all'indietro. «Papà, smettila di blaterare. Ti si sente fino in fondo al corridoio. Ho pensato che ti avrebbe fatto piacere del caffè vero, è molto meglio di quello che ti hanno dato per col...» Si voltò, reggendo due tazze di caffè. «Hank!»

Hank le prese le tazze di mano prima che lei le facesse cadere. «Ehi, piccola Allie.» Le posò sul comodino e abbracciò forte sua sorella. «È bello vederti, scricciolo.»

Lei gli avvolse le braccia attorno alla vita e strinse forte. «Mi sei mancato, grande idiota.»

«Ehi, attenta a come parli.» Le strofinò le nocche sulla testa come faceva quando era piccola. «Raccontami che succede.»

«Niente, non succede niente» gli assicurò il padre. «Non c'è bisogno che tu resti, puoi anche tornare alla tua unità. Non c'è bisogno di te, qui.»

Quelle parole fecero male. Per fortuna, aveva sentito di peggio, dal padre. Per qualche strano motivo, da quando la madre era morta, da lui non aveva mai sentito una parola gentile nei suoi confronti.

«Papà, starò qui un mese.» Hank incrociò le braccia e lo guardò dritto negli occhi. Non voleva mancargli di rispetto, ma aveva ereditato la stessa testardaggine del padre. «Tanto vale che ti ci abitui.»

«Non ho intenzione di abituarmi a un bel niente. Non ho bisogno di te qui.»

«Va bene. Starò a Eagle Rock, al Bed & Breakfast di Ruby.»

«Ah! Ruby l'ha venduto» gli fece sapere il padre, prima di fare una smorfia. «Dannazione! Ci mancava solo questa.» Lanciò un'occhiata ad Allie. «Perché l'hai chiamato?»

Allie gli rivolse un'occhiata incredula. «Papà, cerca di essere ragionevole. Ti hanno sparato.»

«Lo so, ero presente.» Diede una pacca sul letto e il suo viso si contrasse dal dolore. «Cosa c'entra tuo fratello con il fatto che mi hanno sparato?»

«Non lo so.» Allie guardò suo fratello. «Cosa c'entri col fatto che gli hanno sparato?»

Hank era stanco delle discussioni e sfinito dal volo. Gli faceva male il ginocchio e non aveva voglia di litigare. «Vuoi che me ne vada? Va bene.» Girò sui tacchi e stava per andare verso la porta quando colse l'espressione turbata di Sadie. Tutta la sua rabbia svanì in quell'unico sguardo. Non poteva andarsene, non ancora. Non senza prima chiarire le cose con il suo primo amore.

Allie prese Hank e Sadie per un braccio e li trascinò fuori. «Sadie, spiega a Hank quello che è successo, mentre io cerco di far ragionare papà.» Li lasciò in corridoio e chiuse la porta.

Rimasto solo con lei, Hank la guardò. Sadie gli

aveva spezzato il cuore quando gli aveva detto che non l'avrebbe sposato e che voleva seguire il suo sogno di andare in California e diventare una stella del cinema.

«Ciao, di nuovo.»

Lei ridacchiò. «Tuo padre è sempre lo stesso.»

«Se intendi burbero, irascibile e testardo come un mulo, hai ragione.» Stava per toccarle il viso come faceva un tempo, per stringerla a sé e baciarla, ma si bloccò. Non erano più adolescenti. Lei era famosa, lui era un SEAL. I loro mondi erano agli opposti.

Tranne che a Eagle Rock, dove erano entrambi cresciuti. Hank non sarebbe mai voluto tornare. Se avesse saputo che Sadie era lì... «Da quanto sei in città?» chiese.

«Qualche giorno.»

«Pensavo tu vivessi a Los Angeles.»

«Sì. O almeno ci vivevo.» Abbassò lo sguardo sugli stivali da cowboy che indossava «È complicato.»

Hank annuì. Complicato probabilmente significava personale, e lei non voleva parlare dei motivi per cui era tornata con lui. Tra loro non c'era più nulla, se non i ricordi del passato. Anche se quei ricordi erano scolpiti nella sua mente e lo avevano sostenuto nei suoi momenti più bui, che fosse in battaglia o che stesse recuperando dopo essere stato ferito.

«Ti trovo bene» osservò Sadie con un sorriso un po' forzato.

«Tu sei troppo magra» replicò lui in tono asciutto, corrugando la fronte.

Aveva perso le curve morbide della giovinezza, gli zigomi parevano più sporgenti e le braccia più magre, toniche. Era bella in un modo più maturo, raffinato. Quella donna era una celebrità di Hollywood: era apparsa sul red carpet con gente molto fuori dalla portata di Hank, aveva partecipato a feste private con le persone più eleganti e famose del loro tempo. Aveva persino cenato con il Presidente degli Stati Uniti.

Diamine, Hank lavorava per il Presidente, ma non lo aveva mai incontrato di persona.

Le labbra di Sadie si incurvarono in un mezzo sorriso che ebbe l'effetto di fargli venire le ginocchia molli. «Posso sempre contare su di te per dei commenti sinceri. Niente vuote banalità, solo l'orribile verità.»

Hank scosse la testa e fece l'errore di toccarle un braccio. Quel gesto segnò la via del non ritorno. Da quanto l'aveva vista nella stanza del padre, l'unica cosa che avrebbe voluto fare era abbracciarla e baciarla per dimenticare tutti gli anni in cui erano rimasti separati.

Dopo averle chiuso le dita attorno alle braccia, cominciò a tirarla, lento e inesorabile, verso di sé. «Quello che intendevo dire è che sei bellissima.» Le mise una ciocca di capelli dietro l'orecchio, come faceva dopo aver cavalcato nella prateria.

Lei sgranò un po' gli occhi e inclinò indietro la testa. «Non sai quanto io sia felice di rivederti, Hank.» Lo aveva detto in un sussurro. Si inumidì le labbra con la punta della lingua. «Anche tu stai benissimo.»

Dio quanto avrebbe voluto baciarla.

Un'infermiera stava spingendo un carrello verso di loro. La ruota davanti traballò, facendo un rumore stridente, e Hank si ricordò che si trovavano in un corridoio di ospedale e che non erano soli. Appoggiò la fronte contro la sua e le catturò una mano. «Vuoi spiegarmi cos'è successo?» Appena pronunciò quelle parole, si rese conto che potevano essere interpretate in un altro modo. Trattenne il fiato, sperando che Sadie se ne accorgesse.

Sadie trasse un respiro e lo rilasciò, poi lo guardò negli occhi. «Hai presente l'incrocio con lo stop appena prima di arrivare in città?»

Hank non poté trattenere un sorriso. «Ci incontravamo lì, quando volevamo allontanarci dalle nostre rispettive case.»

L'espressione di Sadie si indurì. «Tuo padre

sembra pensare che qualche cacciatore ci abbia scambiato per dei cervi. Avrei anche potuto essere d'accordo, se non fossero stati sparati altri due colpi, che mi hanno mancato di poco mentre stavo strisciando verso la mia auto.»

Hank le strinse la mano più forte. «Pensi che la persona che ha sparato stesse *cercando* di colpire te e mio padre?»

Lei annuì.

Hank sentì montare la rabbia. «Perché?»

Sadie scrollò le spalle. «Potrebbe trattarsi di un pazzo, per quanto ne so. Ho sentito dire che ci sono dei fuori di testa che sparano ai passanti per nessun motivo se non esercitarsi a sparare.»

«Credi che le scarse abilità relazionali di mio abbiano fatto incazzare qualcuno? Diavolo, in questa contea avrà fatto incazzare tutti, per un motivo o per l'altro.»

«Perché ora? Tutti lo conoscono e sanno com'è fatto. È un uomo burbero, ma è un gran lavoratore ed è sempre pronto a dare una mano a un vicino. Perché qualcuno dovrebbe decidere di fargli del male?»

«In più, questo non spiega i colpi sparati a te.» Hank l'attirò a sé. «Mi dispiace per questa brutta esperienza, e sono felice che tu non sia stata ferita.»

«Grazie.» Per un lungo istante si appoggiò contro di lui, una mano sul suo petto. Poi alzò lo sguardo. «Non so se c'entra con quello che è successo ieri, ma a Los Angeles ho avuto dei problemi con un tizio, uno stalker.»

«Uno stalker?» Hank la scostò senza lasciarla andare. «Quale stalker?»

Lei scrollò di nuovo le spalle. «Ci sono i soliti paparazzi che stanno sempre intorno. Ma un tizio in particolare ha cominciato a seguirmi, anticipando ogni mia mossa. Il modo ossessivo in cui era diventato la mia ombra mi ha spinto a lasciare la California e tornare a casa.»

«Immagino che dei fan eccessivi facciano parte della vita di una celebrità, ma non potevi notificargli un ordine restrittivo?»

«Era piuttosto bravo a sparire prima che potessi avere un nome e un indirizzo. Tuttavia, siamo riusciti a identificarlo prima che lasciassi LA. Si chiama Tim Wallis, nel caso si facesse vedere qui a Eagle Rock.» Gli strinse la mano, poi la lasciò andare. «In ogni caso, questo è ciò che è successo, e una possibilità su chi possa essere il responsabile. Tuo padre si è beccato una pallottola, e io me la sono cavata con un gomito sbucciato.»

«In una cittadina piccola come Eagle Rock, non dovrebbe essere difficile trovare il colpevole.»

«Non ne sarei così sicura. Ci sono stati un sacco di turisti, per le ultime escursioni della stagione. Quando se ne sono andati, sono arrivati i cacciatori, oltre ai geologi e agli speculatori alla ricerca di nuove falde petrolifere. Il campeggio a sud della città era pieno, e il Crazy Mountain Bed & Breakfast che era di Ruby è stato sempre al completo, nelle ultime due settimane.»

Hank si accigliò. «La stagione della caccia è iniziata la settimana scorsa?»

Sadie annuì. «Me l'ha detto lo Sceriffo. Mi ha detto che terrà gli occhi aperti. Ha anche perlustrato l'area dove siamo stati attaccati, ma non ha trovato niente.»

«Neanche un bossolo di proiettile?»

Sadie fece segno di no con la testa. «Solo il proiettile che hanno tirato fuori da tuo padre.»

«Non ha senso» commentò Hank. «Chi potrebbe voler uccidere te o mio padre? Posso immaginare che mio padre abbia pestato i piedi a qualcuno, ma tu?»

«Per sbarazzarsi del testimone?»

«Be', siete sopravvissuti entrambi, e chi ha sparato se ne va ancora in giro a piede libero.»

«Io e tuo padre passiamo da quell'incrocio ogni volta che andiamo in città, e come noi molti altri. E se chi ha sparato decidesse di continuare a fare pratica di tiro al bersaglio?»

Hank scosse la testa. «Deve essere catturato.»

«Sono d'accordo. Lo Sceriffo ha detto che controllerà i soliti sospetti. I ragazzi rissosi, gli attaccabrighe della contea, e chiunque altro gli venga in mente.»

«Bene. Nel frattempo, dobbiamo stare attenti.»

«Dillo a tuo padre. È già furibondo all'idea di doversene restare in ospedale.»

Hank guardò la porta chiusa e si preparò ad affrontarlo.

Sadie gli toccò il braccio. «Per quello che vale, io sono contenta che tu sia qui. A dispetto di quello che dice, tuo padre ha bisogno di te.»

Il calore della mano di Sadie gli diede il coraggio necessario per affrontare la situazione. Era sempre riuscita a calmarlo. Ogni volta che litigava col padre, Sadie era in grado di farlo ragionare. Gli uomini Patterson erano molto testardi, ecco perché lui e il padre si scontravano in continuazione, come avevano appena fatto. Hank, però, doveva restare, per capire chi diavolo avesse sparato a suo padre e cercato di uccidere Sadie.

Sadie seguì Hank nella stanza, il cuore che le batteva all'impazzata, la mano ancora calda dove gli aveva toccato il braccio. Undici anni non avevano cambiato il desiderio che si accendeva in lei ogni volta che gli era vicino. Dentro era ancora la stessa ragazza, ma doveva considerare chi era diventata fuori. Se anche avesse voluto che lui fosse parte della sua vita, non poteva trascinarlo nel suo mondo. I red carpet, i paparazzi e la vita a Los Angeles lo avrebbero ucciso, o comunque avrebbero ucciso qualsiasi relazione sperassero di avere. Sempre che lui fosse ancora interessato. La cosa migliore che poteva fare per lui era non incoraggiare un ritorno dei vecchi desideri. Vivevano due vite completamente diverse. Lei aveva contratti da rispettare, conferenze stampa, apparizioni televisive e tutti gli altri impegni che accompagnavano una vita da star.

C'erano giorni in cui desiderava tornare a essere la ragazza di un tempo, che amava un ragazzo e non voleva altro che sposarlo e creare una famiglia con lui. Se avesse accettato la sua proposta di matrimonio quando erano giovani, però, sarebbero rimasti nel Montana, dove si sarebbero a malapena guadagnati da vivere, e Hank sarebbe stato scontroso e amareggiato come suo padre. E non avrebbe mai perseguito il suo sogno di entrare in Marina e diventare un SEAL.

Osservandolo precederla nella stanza, Sadie non poté fare a meno di notare quanto fossero diventate ampie le sue spalle. Le sembrava anche cresciuto in altezza di qualche centimetro. Era tutto muscoli e pericolosamente bello.

Lo guardò perplessa.

Stava zoppicando? In quel caso, era bravo a nasconderlo.

Né suo padre né sua sorella l'avevano notato.

Sadie sì, però, e le si strinse il cuore. Era stato ferito in missione? Per tutti quegli anni, Sadie aveva cercato di non pensare a lui che rischiava la vita scontrandosi contro dei terroristi. Ogni volta che sentiva la notizia di militari deceduti in battaglia o di elicotteri che si schiantavano, interrompeva quello che stava facendo e restava in attesa dei nomi, quasi svenendo per il sollievo quando tra i nomi non c'era quello di Henry Patterson.

«Ho cambiato idea» esordì Lloyd, prima ancora che la porta fosse completamente chiusa dietro a Hank e Sadie.

«A proposito di cosa?» chiese Hank.

«A proposito del fatto di aver bisogno del tuo aiuto.» Il signor Patterson fece un gesto con la mano. «Ovviamente non ho bisogno del tuo aiuto, a parte per dare una mano a Eddy a portare il fieno nel fienile. A parte quello, non ho bisogno di te.»

«Papà, stai farfugliando cose senza senso.»

«È colpa delle dannate medicine! Ho la testa confusa.»

Allie gli toccò il braccio sano. «Digli quello che hai detto a me.»

Lui le diede una piccola pacca sulla mano. «Ci stavo arrivando.» Lloyd si schiarì la gola. «Voglio che tu scopra chi mi ha sparato e ha cercato di colpire la signorina Sadie. Ecco.» Rivolse ad Allie un'occhiataccia. «Sei contenta, adesso?»

Allie gli sorrise. «Sì, papà. Sarò più tranquilla, se Hank resterà nei paraggi.»

«Non mi preoccupa che resti nei paraggi. Anzi, dovrà stare vicino alla ragazza. Io per un po' non potrò allontanarmi troppo dal Bear Creek Ranch. Ma la signorina Sadie non è stata ferita. Se chiunque ci abbia sparato dovesse decidere di sparare ancora, avrà bisogno di qualcuno che la protegga.»

Sadie alzò una mano, allarmata dalla piega che la conversazione stava prendendo. Non poteva avere Hank intorno. Riuscire a tenere la distanza si basava proprio su quello: mantenere le distanze dall'uomo che riusciva a farle venire le farfalle nello stomaco e le ginocchia molli. «So badare a me stessa, signor Patterson. Non c'è bisogno che suo figlio mi segua ovunque.»

«Sciocchezze» dissentì il padre di Hank. «Stavo soffrendo, ma non sono cieco. Chiunque sia stato, ha sparato un colpo a me e due a te. Anzi, se non ti fossi spostata, il primo proiettile avrebbe colpito te invece di me.»

Hank si voltò verso di lei, la fronte corrugata. «Ti torna?»

Sadie ripensò al momento in cui avevano

sparato, a cosa stesse facendo prima che il signor Patterson venisse colpito. Era di fronte a lui e si era piegata per prendere il sacchetto rotto del mangime, quando il colpo era stato esploso. Le si fermò il respiro. Lloyd aveva ragione. Guardò Hank e annuì. «Ero in piedi davanti a tuo padre: se non mi fossi mossa, il proiettile avrebbe colpito me. Poi, quando ho cercato di raggiungere la mia Jeep, hanno sparato altri due colpi contro il terreno, vicinissima a dov'ero. Mi hanno mancato, ma erano abbastanza vicini da farmi schizzare addosso della ghiaia. E quando sono salita sulla Jeep, un proiettile ha disintegrato il finestrino.»

Hank le mise un braccio intorno alla vita e l'attirò a sé.

Sadie era grata per quel sostegno. Non solo era stata mancata per poco: il signor Patterson aveva preso il colpo destinato a lei. «Se qualcuno ce l'ha con me, non è prudente starmi vicino.» Si divincolò dall'abbraccio di Hank. «La ringrazio per essersi preoccupato per me, signor Patterson, ma non posso mettere Hank in pericolo.»

Hank le prese la mano. «Sadie, non dire sciocchezze. Sono un Navy SEAL, sono abituato a gente che mi spara addosso. Se eri davvero tu il bersaglio, chiunque sia il responsabile potrebbe attaccarti di nuovo.»

Lei scosse la testa. «Allora assumerò una

guardia del corpo. Non voglio che tu corra dei rischi per me.»

«Se vuoi assumere una guardia del corpo, mi candido io» disse Hank. «Ho quattro settimane di congedo, e preferirei tenermi occupato.»

Allie si avvicinò a Sadie. «Lascia che Hank ti aiuti. Lui ha esperienza di combattimento. Se assumi una guardia del corpo, non sai chi ti può capitare. Hank è un Navy SEAL, probabilmente può farlo anche con le mani legate dietro la schiena.»

Sadie fece un passo indietro. Già era difficile tenere testa a un Patterson: a tre era impossibile. «D'accordo, ma solo fino a quando non avrò assunto una guardia del corpo di un'agenzia di cui possiamo fidarci.»

Lloyd Patterson si stese sul letto e chiuse gli occhi. «Ora che abbiamo sistemato tutto, potete andarvene. Sembra che gli antidolorifici che mi hanno dato stiano facendo effetto.» Sbadigliò. «Allie, di' all'infermiera di svegliarmi quando arriva il dottore. Voglio avere il foglio delle dimissioni appena possibile.» Le sue parole si spensero, e un attimo dopo stava russando.

Sadie si voltò per andarsene, l'impulso di girarsi e scappare quasi irresistibile. Mentre usciva dalla stanza, sentì la mano di Hank sulla spalla.

«Dobbiamo parlare.»

«Lo so.» Era una conversazione che Sadie temeva. Non appena fossero stati da soli da qualche parte, gli avrebbe detto di non preoccuparsi, che preferiva stare da sola.

Hank la prese per mano e la condusse in una sala d'attesa lì accanto. Una famiglia al completo si voltò verso di loro quando li vide entrare, sperando che si trattasse di un medico con delle notizie su un loro caro.

«No, non qui» commentò Hank, portandola via.

Tornarono verso la postazione degli infermieri. Mentre percorrevano il corridoio, Sadie notò una stanza vuota. «Qui.» Prese la mano di Hank e lo trascinò oltre la soglia.

Hank tolse il fermo dalla porta, che si chiuse dietro di loro. La luce esterna entrava dalla finestra e illuminava un letto appena rifatto.

Sadie andò verso la finestra e guardò fuori, verso il parcheggio dell'ospedale. Il tipico cielo azzurro del Montana si era rannuvolato, da quando era arrivata. «Hank...» esordì. Faticava a trovare le parole. Non sapeva come dirgli che non voleva assumerlo, senza spiegargli il perché. Come poteva dirgli che non se la sentiva di averlo costantemente accanto, perché il suo cuore si sarebbe spezzato ancora una volta, quando lei sarebbe tornata in California e lui in missione da qualche parte nel mondo? «Non penso...»

Hank la prese per le spalle, la fece girare e la attirò tra le sue braccia. «Non pensi cosa?» chiese lui, guardandola negli occhi, rendendole difficile ricordarsi ciò che stava per dire.

Ah, sì. «Sei licenziato» gli disse di getto.

Hank ridacchiò. «Non mi hai ancora assunto.»

«Che cosa intendi?»

«Non ho ancora ricevuto un'offerta di lavoro da te, né tantomeno l'ho accettata.»

Sadie era perplessa. «Vuoi dire che non ti interessa lavorare per me?» Non aveva considerato la cosa in quei termini. Aveva dato per scontato che Hank provasse ancora qualcosa per lei, e che l'avrebbe ferito, mandandolo via.

«Non è quello che ho detto.» Le portò una ciocca di capelli dietro l'orecchio. «Quello che volevo chiarire è che, se accetto di farti da guardia del corpo, la condizione è che affrontiamo la cosa come un rapporto di lavoro, dove tu sei la cliente, io il dipendente.»

Sadie lo osservò, e la delusione le causò un moto di irritazione. «Quindi?»

Lui le sfiorò la guancia con le nocche delle dita.

Sadie dovette fare appello a tutte le sue forze per non appoggiarsi contro il suo palmo.

«Senti» disse Hank guardandola dritta negli occhi. «Quello che c'è stato tra noi quando eravamo ragazzini era un'infatuazione da adolescenti. Siamo due adulti ormai, e le nostre vite ci hanno portato in direzioni diverse. Non mi aspetto da te niente di più di quanto una guardia del corpo si aspetterebbe dal suo capo, e viceversa.»

Quello la irritò ancora di più, e si mise una mano sul fianco. «Cosa stai cercando di dirmi, esattamente?»

«Se sarò la tua guardia del corpo, il nostro rapporto sarà esclusivamente professionale.» Lo sguardo di Hank si piantò nel suo mentre si avvicinava. «Questo, per esempio, non sarà possibile.» Si sporse e le sfiorò la fronte con le labbra.

Il respiro le si bloccò in gola quando quelle labbra sode e soffici le si posarono sulla pelle.

Ogni grammo di determinazione a resistergli sembrò evaporare, e gli appoggiò le mani al petto.

«E per nessun motivo, potremo fare questo» sussurrò. Inclinando la testa di lato, le catturò il lobo tra i denti e mordicchiò piano. «O questo.» La sua voce era roca mentre si spostava fino ad arrivare all'angolo della sua bocca.

Troppo presto, Hank sollevò la testa.

«Hai ragione» mormorò Sadie. «Non possiamo farlo, sarebbe sbagliato.» Sadie si sporse in su e gli appoggiò le labbra sulle sue. Non avrebbe saputo dire se fu lui a iniziare il bacio, o lei, non era importante. Quello che importava è che tutto in quel bacio le sembrò giusto, tanto che non sarebbe mai riuscita a tirarsi indietro. Al contrario, si avvicinò ancora di più a lui, appoggiando il seno al petto di lui, schiacciandosi contro i suoi fianchi. La dura prova del desiderio di lui le premette contro il ventre, ricordandole quanto tempo era passato dall'ultima volta in cui aveva fatto l'amore.

Niente ebbe più importanza quando Hank la baciò, muovendo la bocca sulla sua, premendole contro la lingua. Sadie si aprì per lui, permettendogli di entrare ad accarezzarle la lingua in una carezza sensuale. Hank sapeva di caffè e di menta, un mix familiare che le riportò alla mente tanti ricordi di baci passati.

Quello che era iniziato come desiderio di licenziarlo si era trasformato in un desiderio che la infiammava. Come poteva tenere le distanze, quando l'unica cosa che voleva era trovarsi tra le sue braccia?

Quando finalmente si staccarono, Sadie era senza fiato, il corpo tremante da capo a piedi. Quello era Hank, l'uomo a cui lei aveva donato il suo cuore da ragazza, il suo primo amore. Da quando si erano lasciati, nessun uomo mai aveva retto il suo confronto.

Era uscita con qualche altro attore di Hollywood ed era stata oggetto di gossip sui tabloid, ma non si era mai davvero legata a qualcuno. Non poteva fare a meno di paragonarli a Hank.

Sadie fece un passo indietro, si allontanò i capelli dalla faccia, raddrizzò le spalle e cercò di darsi un contegno. «Senti, se vogliamo far funzionare questo accordo, dobbiamo trattarlo come un rapporto di lavoro. Ti assumerò come guardia del corpo, ma non possiamo fare...» Mosse la mano tra loro. «Questo.»

Lui allungò una mano verso di lei. «Perché?»

Lei fece un altro passo indietro, in modo da essere fuori dalla sua portata. «Siamo due persone diverse, ora.»

«Tu sei ancora Sadie McClain, io sono Hank. Mi conosci.»

Sadie scosse la testa. «Abbiamo vite diverse, molto diverse. Quando lascerò il Montana, tornerò a Los Angeles e tu ti riunirai alla tua unità.» Non poteva rischiare di ritrovarsi un'altra volta con il cuore spezzato. Undici anni prima, lo aveva allontanato per il suo bene, e niente era cambiato. Hank non apparteneva al suo mondo, sarebbe stato infelice.

Hank la sfidò con lo sguardo. «E se decidessi di non tornare dalla mia unità?»

Il cuore di Sadie mancò un colpo. Avrebbe voluto aggrapparsi alla timida speranza che la sua frase aveva acceso, ma prevalse il buonsenso. «Ami essere un SEAL. Non vorrei che tu ci rinunciassi. Inoltre, Los Angeles è una città spietata, senza cuore, un ambiente del tutto diverso da Eagle Rock.»

«E io non c'entrerei nulla. Neanche come tua guardia del corpo? Di certo esistono le guardie del corpo, a LA.» Quando lei aprì la bocca per spiegare, lui alzò una mano per bloccarla. «Non ti preoccupare, messaggio ricevuto. Non ti sto mettendo pressione perché tu mi accolga nel tuo mondo. Io lavoro per te, sono qui per proteggerti mentre sei nel selvaggio Montana, solo questo. Niente baci al capo. E non parleremo di quello che è appena successo in questa stanza. Per quanto mi riguarda, non è successo proprio niente.» Andò alla porta e la tenne aperta.

Sadie uscì. Non poteva negare il peso che sentiva sul petto, o il modo in cui gli occhi le bruciavano. Sapeva bene che era così che le cose dovevano andare, ma questo non significava che dovesse piacerle.

CAPITOLO 5

Hank stava seguendo la Jeep di Sadie mentre tornavano insieme a Eagle Rock. Non riusciva a smettere di pensare al loro bacio, ne sentiva ancora il calore sulle labbra. Nonostante fossero passati tutti quegli anni, lei riusciva ancora a fargli perdere la testa, e a fargli desiderare molto di più di un semplice bacio. Non che il loro bacio fosse stato semplice. Lo sentiva ancora in tutto il corpo, e stava già contando i secondi finché non avrebbe potuto di nuovo tenerla tra le sue braccia.

Una volta finito il bacio, però, Sadie era stata chiara: il loro rapporto sarebbe stato esclusivamente platonico. Lei non voleva riaccendere un'infatuazione adolescenziale. No, era una grande star, ora. Gli aveva detto chiaro e tondo che lui non c'entrava nulla con il suo mondo di lusso e glamour. Non che a lui interessasse farne parte.

A meno che non significasse poterla tenere tra le braccia e fare l'amore con lei ogni notte.

Hank emise un gemito di frustrazione. La cosa migliore da fare era dirle di assumere quella guardia del corpo di cui aveva disperatamente bisogno. Qualcuno che non facesse parte del suo passato, che non desiderasse baciarla e tenerla stretta. Dannazione. Assumere una guardia del corpo non era così facile. Doveva trovare qualcuno di cui potersi fidarsi. Nel frattempo, Hank non poteva lasciarla andare in giro per tutto il Montana con un cecchino a piede libero che ce l'aveva con lei.

Arrivati a Eagle Rock, invece di tirare dritto verso il suo ranch, Sadie si fermò davanti al Diner di Al, in Main Street.

Hank parcheggiò l'auto a noleggio accanto alla sua e scese.

Prima che potesse girare attorno alla Jeep di Sadie, un pick-up sgangherato si fermò dal lato del conducente. Un uomo robusto saltò giù, con un Borsalino a tesa larga, gli occhiali da sole e una macchina fotografica. «Signorina McClain, posso disturbarla un attimo?»

Sadie aveva aperto la portiera e stava per scendere quando l'intruso le si avvicinò e cominciò a scattare foto a raffica, facendole scattare il flash in faccia.

Hank andò su tutte le furie. Saltò sul cofano della sua Jeep e atterrò di fronte al fotografo. «Stai indietro» gli intimò, la voce quasi un ringhio. I suoi istinti erano quelli di un lupo maschio che proteggeva il suo territorio, pronto a ridurre l'uomo a brandelli, se non l'avesse lasciata in pace Sadie.

«Sono un fan della signorina McClain. Voglio solo qualche foto.» Si sporse oltre Hank, continuando a scattare foto, mentre Sadie tentava di uscire dalla Jeep.

Hank si piazzò tra l'uomo e Sadie, sperando di bloccare ogni tentativo di farle del male.

«Per favore, signorina McClain. Non voglio altro che una fotografia» la implorò l'uomo. «Farei di tutto per avere una foto della bellissima Sadie McClain.»

«Non ora, per favore.» Sadie sollevò una mano davanti al viso per proteggersi dal flash.

Se questo era ciò che accadeva tutti i giorni nella vita di Sadie, Hank era sorpreso che non avesse già assunto una guardia del corpo. Quando il fotografo si rifiutò di indietreggiare, Hank gli piantò una mano sul torace e spinse, allontanandolo in modo da dare a Sadie lo spazio per passare.

Non appena ebbe via libera, lei corse nell'edificio.

Rivolgendogli la sua occhiata più truce e gonfiando il petto, Hank lo squadrò. «Lascia. In pace. Sadie.»

L'uomo sollevò il mento in gesto di sfida. «È un locale pubblico, e ho diritto di entrarci come tutti.»

La voce di Hank si fece più aggressiva. «Se decidi di entrarci mentre c'è anche lei, sarò costretto a passare alle maniere forti.»

Sgranando gli occhi, l'uomo cominciò a indietreggiare. «È una minaccia?» chiese con voce tremante.

«No, è una promessa.»

Il fotografo si era allontanato, abbastanza da essere fuori dalla portata di Hank. «Non puoi andartene in giro a minacciare la gente. Potrei denunciarti.»

«E io potrei fare a pezzi… qualcosa… prima che arrivi lo Sceriffo in tuo aiuto.» Hank si guardò intorno. «Mi sembra che siamo solo io e te, in questo momento. Si tratta della mia parola contro la tua. Pensi davvero che a qualcuno freghi qualcosa di quello che dici?»

L'uomo incurvò le labbra in una smorfia sprezzante. «Volevo solo farle una foto.»

Hank fece un passo verso quell'idiota che non voleva capirla. «Allora scrivi al suo addetto stampa. Sono sicuro che può spedirti una foto autografata. Nel frattempo…» Hank abbassò la voce. «Lasciala in pace.» Incrociò le braccia e fletté i muscoli, in modo che petto e spalle sembrassero ancora più grossi.

L'uomo lo guardò, gli occhi che si spostavano dalle spalle di Hank alle mani, chiuse a pugno. Poi, senza una parola, risalì sul suo furgone e schizzò via, accelerando veloce mentre puntava fuori città.

Grato che i suoi sforzi di intimidirlo avessero funzionato senza bisogno di passare ai fatti, Hank rimase a fissare il pick-up malmesso fino a quando non scomparve dalla sua vista. Se fosse stato necessario, non avrebbe esitato a venire alle mani.

Una volta che fu certo che l'uomo non fosse più nei paraggi, Hank entrò nella tavola calda e si mise a cercare Sadie.

La vide in piedi in mezzo alla sala, di fronte a un uomo in giacca e cravatta che la teneva per un braccio, con lo sguardo accigliato. Il suo atteggiamento possessivo non gli piacque. Hank si affrettò a raggiungerli. «Signore, devo chiederle di lasciare andare la signorina McClain.»

«Stiamo parlando.» L'uomo non si girò nemmeno a guardarlo in faccia. «Sadie, sii ragionevole. Non puoi ignorare i tuoi fan.»

«Posso farlo, e lo farò.» Sadie liberò la mano.

Se Sadie non lo avesse fatto, Hank lo avrebbe spinto via. «Ascolta, Ray. Lo studio può aspettare finché non sono pronta a dare loro una risposta.

Nel frattempo, sono venuta in Montana per trovare un po' di tranquillità, e discutere con te non rientra in quei piani.»

«Se non firmi il contratto nelle prossime ventiquattr'ore, potrebbero ritirare l'offerta.»

«Lasciali fare. Non sarebbe male avere un po' più di tempo, tra un film e l'altro. Finora ho lavorato quasi ininterrottamente.»

Lui le afferrò di nuovo il braccio. «Non puoi rallentare adesso. I tuoi fan si dimenticheranno di te.»

Sadie posò lo sguardo sulla mano dell'uomo che le stava di nuovo bloccando il braccio. «Lasciami andare, Ray. In questo momento un po' meno adorazione da parte dei fan è proprio quello di cui ho bisogno.»

Hank allungò il braccio e piazzò la mano sulla spalla di Ray. «Si allontani dalla signorina McClain.»

Ray squadrò Hank. «Sono Raymond Holt.»

Hank aggrottò le sopracciglia e lo guardò dall'alto in basso. «E questo dovrebbe dirmi qualcosa?»

Ray sbuffò, sprezzante. «Della Holt Agency, sono l'agente di Sadie. Tu chi diavolo sei, invece?»

Hank allontanò Ray da Sadie e si mise tra loro. «Sono la sua guardia del corpo. Sono stato assunto per proteggerla e, da quello che vedo, tu le stai dando fastidio.»

Sadie gli toccò il braccio. «Hank, posso gestire Ray da sola. Non preoccuparti.»

Hank rimase dov'era ancora un attimo, lanciando un'occhiataccia in direzione dell'altro uomo. «Falle del male e dovrai fare i conti con me.»

Ray alzò le mani. «Non le farò del male. È la mia fonte di guadagno.»

«Allora le lasci il suo spazio.»

«Ma io ho bisogno… lei ha bisogno di firmare questo contratto prima che lo studio scelga un'altra attrice. Non era l'unica a cui hanno pensato, per questo ruolo.»

«In quel caso non era destino.» Sadie si affiancò a Hank. «Ci penserò, va bene?»

«Ma…»

«L'hai sentita.» Hank incrociò le braccia sul petto. «Ha detto che ci penserà.»

Ray serrò le labbra. «Mi fermerò qui per un paio di giorni.»

«E io ci penserò per un paio di giorni. Puoi anche tornare a Los Angeles. Non ho intenzioni di accettare pressioni a prendere una decisione, mentre sono qui in Montana.»

«E quanto ti fermerai?» insistette Ray.

«Non lo so. Una settimana, forse due.»

«Salve, sono Daisy. Posso accompagnarvi al

tavolo?» La giovane cameriera sorrise e si avvicinò a Hank, gli occhi che le brillavano. «State spaventando i clienti.»

Hank lanciò un'occhiata al locale e vide che era praticamente vuoto. Le rivolse uno sguardo perplesso.

Lei gli fece l'occhiolino. «Okay: state spaventando il cuoco, non i clienti.»

Sadie le sorrise con gratitudine. «Si, per favore: Hank e io vorremmo un tavolo per due.» Guardò il suo agente. «Ray stava per andare via.»

«In quel caso, vorrà il conto.» Daisy estrasse un foglietto dalla tasca del grembiule e lo porse a Ray. «Se mi segue alla cassa, la faccio pagare.» Il sorriso di Daisy era contagioso, ma Ray non sembrava contento di essere stato separato da Sadie.

«Sedetevi pure dove volete» disse Daisy da sopra la spalla, mentre si dirigeva verso la cassa. «Sarò da voi tra un minuto.»

Sadie scelse un tavolo con sedile a panca in un angolo e si sedette dando le spalle alla porta d'ingresso. Hank si mise di fronte lei.

Sadie tirò fuori il menu da dietro il porta-tovagliolini e lo fissò. «Come vedi, la mia vita è un tantino complicata, e non mi appartiene del tutto.»

«Non dev'essere per forza così.»

«Fino a quando sarò una celebrità, non cambierà.» Rise, ma fu una risata stanca e rassegnata più che divertita.

«Non era quello che volevi?» Hank serrò la mascella. «Il sogno per cui hai lasciato il Montana?» Non erano quelle le parole che aveva usato, quando aveva rifiutato di sposarlo? Voleva inseguire i suoi sogni, e lui avrebbe dovuto fare la stessa cosa.

Sadie annuì. «Sì, ho sempre voluto recitare. Interpretare grandi ruoli, far ridere, far piangere, vivere il dolore dei personaggi nei quali mi immedesimavo.»

«E quello che sta intorno all'essere famosi?» insistette lui.

Lei scrollò le spalle. «Di solito, riesco a gestirla. Ogni tanto, però, ho bisogno di una pausa.»

«Come in questo momento.»

Sadie annuì di nuovo. «Esatto. Fare due film all'anno può non sembrare pesante, ma è fisicamente ed emotivamente estenuante. Devo avere il tempo di recuperare, allontanarmi dal marasma di Los Angeles.»

Daisy accompagnò Ray alla porta, poi venne al loro tavolo e tirò fuori il blocchetto e una matita. «Ora che vi siete sistemati, posso dire benvenuti a casa.» Sorrise a entrambi. «Mi ricordo di voi dalle superiori.»

Sadie corrugò la fronte, e anche Hank fissò il

viso dell'attraente brunetta, cercando di ricordarsi di lei. «Mi spiace, non riesco a ricordami di te.»

Lei rise. «Certo che non ti ricordi. Ero al primo anno quando tu eri all'ultimo. L'unica ragazza per cui Hank Patterson aveva occhi era Sadie McClain.» Daisy sospirò. "E come darvi torto? Sadie, sei la nostra leggenda di Hollywood e tu, Hank, il nostro eroe nazionale.»

«Non sono un eroe» mormorò Hank guardando fuori dalla finestra. Un'immagini del tenente Mike che si lanciava sulla granata gli apparve all'improvviso nella mente, e serrò il menu plastificato tra le mani. «Ci sono altre persone che meritano questo titolo.»

«Per noi sei un eroe» ribadì Daisy. «Il primo Navy SEAL di Eagle Rock.» L'espressione di Daisy si fece seria. «Grazie per il tuo servizio.» Sollevò il blocchetto e la matita. «Che cosa posso portarvi?»

Ordinarono e aspettarono che Daisy si allontanasse.

Le labbra di Sadie si piegarono in un mezzo sorriso. «Allora, come ci si sente a essere una celebrità?»

«Sei tu la celebrità, non io.»

«Sei un Navy SEAL. Per i miei parametri, molto meglio di Hollywood.»

Le parole di Sadie volevano essere un complimento, ma Hank non riuscì a evitare una sorta di pugnalata nel petto. Se il responso della commissione medica avesse deciso che la sua ferita era sufficiente a congedarlo per motivi medici, sarebbe stato fuori dalla Marina. In quel caso, sarebbe tornato a essere solo Hank dal Montana. «Essere un SEAL non mi rende speciale.»

Sadie allungò la mano attraverso il tavolo e la posò su quella di lui. «Chi sei ti rende speciale, Hank. Sei diventato un SEAL perché eri già speciale: forte, determinato, leale. Lo si vedeva anche prima che assistessi alla cerimonia del diploma dopo il corso di addestramento BUD/S.»

Hank la guardò, il respiro all'improvviso bloccato in gola. «Sei venuta al mio diploma?»

Lei annuì sorridendo. «Lavoravo a Los Angeles come cameriera, ho risparmiato tutte le mance per potermi pagare la benzina e venire lì.»

Si sentì riempire da una combinazione di orgoglio e dolore. Era stato così felice di aver superato il durissimo addestramento, e triste che a nessuno interessasse abbastanza da venire al suo diploma. «Perché non mi hai detto che eri lì?»

Lei scosse le spalle. «Eri impegnato a festeggiare con i tuoi compagni di corso, ed era giusto così.»

«Avrei preferito festeggiare con te.» Ancora una volta, gli dimostrava che non lo voleva nella sua vita. «Perché sei venuta, allora?»

«Ero così orgogliosa di te. Non potevo mancare.»

«Come facevi a saperlo? Quando hai rifiutato la mia proposta di matrimonio, credevo che tu non volessi più avere nulla a che fare con me.»

«Ho rifiutato la tua proposta perché eravamo troppo giovani. Diavolo, eravamo due ragazzini. Dovevamo ancora esplorare il mondo, trovare la nostra strada, capire chi volevamo essere.»

«E ora?»

Sadie aprì la bocca ma non ebbe il tempo di rispondere.

«Eccoci qui. Un club sandwich e la specialità della casa, l'insalata di pollo.» Daisy appoggiò i piatti sul tavolo. «Posso portarvi qualcos'altro?»

«No, grazie» disse Sadie, distogliendo lo sguardo dal viso di Hank.

Hank si limitò a scuotere la testa, continuando a guardare la donna che gli era seduta di fronte, in attesa che fossero di nuovo soli, in modo che Sadie potesse rispondere alla sua domanda.

«Stavi dicendo?» le disse, non appena la cameriera si fu allontanata.

Sadie tenne lo sguardo basso, sull'insalata. «Non importa. Viviamo due vite diverse. Tu hai il tuo team nei SEALs, io ho il mio lavoro.»

Hank non la corresse. Di lì a trenta giorni avrebbe ricevuto il verdetto della commissione, e allora forse non avrebbe più avuto il suo team. Avrebbe dovuto ricominciare, scoprire come poteva reinserirsi nel mondo civile.

Invece di farle pressione perché gli desse una vera risposta, sollevò il sandwich e cambiò domanda. «Per quanto tempo vuoi restare nell'industria del cinema?»

«Mi piace quello che faccio, ma sto diventando più selettiva sui progetti che accetto.»

«Immagino che tu ora possa permetterlo. Nel caso io non te l'abbia ancora detto, congratulazioni per essere riuscita a realizzare i tuoi sogni. Ho visto tutti i tuoi film. Hai molto talento.»

Sadie arrossì e sorrise. «Grazie, Hank. Significa molto, detto da te.»

«Perché?»

«So che dici sempre la verità. Se non ti fossero piaciuti, me lo diresti.»

«A volte, sapevo essere spietatamente onesto.»

«Come la volta in cui mi dicesti che non ti piaceva che portassi le trecce, che mi facevano sembrare una bambina.»

Hank sorrise a quel ricordo. «Mi faceva strano baciarti, mi sentivo un pervertito. Inoltre, sei molto più sexy con i capelli sciolti… come adesso.» Allungò una mano a toccarle una ciocca. Toccarla gli sembrava ancora naturale, come lo era stato un tempo. A lei non sembrava dare fastidio. «Se ancora più bella di quando eri alle superiori, e già allora eri uno schianto.»

Le guance acquisirono un rosa più intenso. «Grazie.»

Finirono di mangiare in silenzio. Quando lasciarono il locale, Hank uscì per primo. Controllò in entrambe le direzioni che non ci fossero nei paraggi né il fotografo, né l'agente di Sadie o chiunque altro potesse causare problemi. Quando si convinse che era tutto tranquillo, le tenne aperta la porta.

«Prendi il tuo lavoro molto sul serio.»

«La tua vita è una cosa seria.» Le appoggiò una mano sulla parte bassa della schiena, dicendosi che era per tenerla vicina. Distratto dal calore del suo corpo sulla mano, si dimenticò del gradino del marciapiede e per poco non cadde. Il passo falso gli fece partire una fitta alla gamba ferita, e non riuscì a trattenere una smorfia.

Sadie gli toccò il gomito. «Stai bene?»

Hank si raddrizzò, ignorò il dolore e il bisogno di imprecare. «Sto bene» rispose a denti stretti. Bene quanto poteva stare due settimane dopo un'operazione in cui frammenti di granata erano stati rimossi dal ginocchio e dalla coscia. Gli avevano tolto i punti il giorno in cui aveva saputo che avevano sparato a suo padre. Le cicatrici erano ancora fresche, ma sarebbe guarito.

«Se vuoi che rallentiamo...»

«Ho detto che sto bene» rispose in tono brusco. Continuò a camminare come se la gamba stesse bene, mordendosi la lingua per non bestemmiare. «Dove andiamo?»

Lei sembrò studiarlo. «Vorrei fare un salto al minimarket a prendere un paio di cose, prima di tornare al ranch.»

«Possiamo andare con una sola macchina.»

«Non ce n'è bisogno, è qui dietro l'angolo.» Sadie salì sulla Jeep.

Hank si mise al volante della sua auto e cercò di alleviare il dolore massaggiandosi la gamba. «Bella guardia del corpo che sei» borbottò. Era stata la donna per cui lavorava a chiedergli se stesse bene, e non il contrario. Se davvero voleva avviare una carriera nel settore della sicurezza privata, di certo non stava iniziando col botto. Non era irragionevole pensare di avere un periodo di apprendimento. Sperava che quel periodo e la sua ferita non avrebbero messo Sadie in pericolo.

SADIE GUARDÒ NELLO SPECCHIETTO RETROVISORE, la fronte corrucciata. Aveva notato che Hank zoppicava ma, fino a quando lui non era quasi caduto dal marciapiede, aveva pensato che fosse per una caviglia slogata o una vescica per via degli anfibi da combattimento. Non aveva voluto prendere in considerazione l'ipotesi che fosse stato ferito in battaglia. In tutti quegli anni, aveva cercato di non pensare ai pericoli che Hank affrontava ogni giorno.

Quello che le era successo non era nulla, in confronto. A parte il fatto che il padre di Hank si era preso una pallottola al posto suo. Non era più successo nulla, da allora, e Sadie stava cominciando a rivedere lo scenario. Forse si era davvero trattato di un ragazzino che aveva fatto lo stupido con un fucile. Con lo Sceriffo sulle sue tracce, probabilmente si era dato alla fuga. In quel caso, assumere una guardia del corpo poteva essere stato eccessivo.

Sadie osservò nello specchietto il SUV che la seguiva da vicino. Si fermò nel parcheggio di fronte al minimarket e spense il motore. Doveva ammettere che era stata contenta di avere avuto Hank al suo fianco, quando aveva dovuto liberarsi del fotografo assillante. Sadie era quasi certa che si trattasse di Tim Wallis, l'uomo che la perseguitava ormai da mesi, presentandosi a ogni evento e arrivando persino a intrufolarsi nel suo giardino per scattarle delle foto. Si era tagliato i capelli e rasato la barba, o l'avrebbe riconosciuto subito.

Sadie doveva comunicare allo Sceriffo che aveva fatto emettere un ordine restrittivo nei confronti di quell'uomo. In una cittadina come Eagle Rock, i vice-sceriffo non ci avrebbero messo molto a trovare Tim Wallis e a ricordargli che doveva stare alla larga. Dopo aver fatto quelle compere, sarebbe passata alla stazione di polizia.

Entrata nel negozio, prese un piccolo carrello e iniziò a camminare lungo le poche corsie. Quando arrivò davanti agli scaffali del cibo in scatola, vide Carla, la moglie di suo fratello. Le rivolse un caloroso sorriso. «Eccoti. Sei uscita di buon'ora, questa mattina.»

Carla si accigliò. «Se avevi bisogno di qualcosa, potevi dirmelo. Te lo avrei comprato io, già che ero in città.»

«Grazie, Carla. Già che ero a Eagle Rock, ho pensato di fermarmi a prendere un paio di cose.»

«La dispensa è piena, potremmo non avere spazio per altra roba. È un po' che chiedo a Fin di ristrutturare la cucina. È troppo piccola e sa di vecchio. Voglio rimodernarla da cima a fondo.»

Sadie sentì una stretta al cuore. Sua madre aveva ristrutturato la cucina un paio d'anni prima di morire. Amava tutto quanto era retrò, e aveva optato per delle piastrelle bianche e nere per il pavimento e delle sedie rosse attorno al piccolo tavolo sistemato nella nicchia, con una finestra che affacciava sulle Crazy Mountains. Jeanie McClain amava la sua casa nel Montana, e non si stancava mai del panorama.

D'istinto, Sadie avrebbe voluto dirle che non poteva toccare niente. Poi però cercò di mettersi nei suoi panni, di pensare a come Carla doveva essersi sentita quando, giovane sposa, era venuta ad abitare in una casa arredata dalla suocera morta. Se non poteva cambiare l'arredamento, come poteva renderla casa sua?

Lo sguardo di Carla si spostò verso un punto sopra la sua spalla. «Hank? Hank Patterson?» Spalancò gli occhi per la sorpresa. «Non sapevo che fossi tornato in città.»

Sadie si sentì invadere da un senso di calore – e, odiava ammetterlo, soddisfazione – al pensiero di come lui l'avesse subito raggiunta. Aveva sempre avuto quella particolare abilità di trovarla ovunque, come se lei fosse un faro, per lui.

«Sono arrivato oggi» rispose lui.

Carla era arrossita e rimase lì a fissarlo. «Ti trovo benissimo.» Batté le ciglia e abbassò sul carrello quasi vuoto. «Mi spiace per tuo padre. Spero stia meglio.»

«Sembra che si stia riprendendo.»

Carla sporse le labbra come a fare il broncio. «Significa che te ne andrai presto?»

Hank scosse la testa. «No, sono in congedo per quattro settimane, e le passerò qui.»

«Questa sì che è una sorpresa.» Si agganciò una ciocca di capelli dietro l'orecchio.

Sadie ebbe la netta impressione che sua cognata stesse flirtando con Hank.

«Davvero?» Hank trattenne un sorriso. «Perché?»

«Non ti sei mai fermato così tanto, da quando sei entrato in Marina.»

Hank guardò Sadie. «Non avevo motivo di tornare. Finora.»

Carla seguì lo sguardo di Hank.

Sadie si sentì arrossire. Hank aveva fatto credere a sua cognata che fosse lei la ragione per la quale era tornato a casa, ma lei sapeva che non era così. Tuttavia, forse lei era il motivo per cui era rimasto. Suo padre non era stato particolarmente felice nel rivederlo, né desiderava che lui l'aiutasse al ranch. Se Sadie non l'avesse assunto come guardia del corpo, forse sarebbe già stato in viaggio per tornare in Virginia.

Sadie sentì le pulsazioni accelerare. Non aveva neanche dovuto insistere, perché lui accettasse di aiutarla.

Carla li osservò con attenzione. «Ricordo che voi due stavate insieme, alle superiori. Nessun'altra ragazza riusciva ad attirare l'attenzione del grande Hank Patterson, quando c'era Sadie in giro. Cos'è successo? Un giorno eravate una coppia, quello dopo avete preso strade diverse.»

Sadie non rispose. Il ricordo della proposta di

matrimonio di Hank e della sua risposta le faceva ancora male.

Hank cinse Sadie per la vita. «Abbiamo deciso di separarci di comune accordo. Giusto, Sadie?»

Sadie fece di sì con il capo, ma continuò a tacere per paura che la sua voce si incrinasse. Lei l'aveva ferito, e ne erano usciti entrambi devastati. Sadie avrebbe voluto restare con lui, più di ogni altra cosa. Ma il rapporto tra Hank e suo padre era sempre stato spinoso. Hank aveva bisogno di andarsene da Eagle Rock e di realizzare il suo sogno di diventare un SEAL. E non sarebbe mai successo, se lei avesse accettato di sposarlo. Anche se avrebbe tanto voluto farlo.

«E ciò nonostante, eccovi qui.» Carla sorrise. «L'eroe cittadino e la leggenda di Hollywood di nuovo insieme, come una favola che si avvera.»

«Ah, ma noi non...» iniziò a dire Sadie.

«Noi non siamo pronti a far sapere al mondo della nostra relazione» la interruppe Hank. La strinse di più a sé e le diede un bacio sulla sommità della testa. «Anche se non so come faremo a tenerlo nascosto, quando mi trasferirò da lei.»

«Trasferirsi da me?» Sadie lo guardò sbigottita.

Lui le sfiorò la guancia con le nocche. «Come ci siamo detti. Vogliamo essere sicuri di essere ancora compatibili. Imparare di nuovo a conoscerci.» Hank sorrise a Carla. «A te e Fin non dispiace, giusto? Credo che la casa sia abbastanza grande.»

Carla era chiaramente a disagio. «Credo che non ci saranno problemi. Ti fermi solo per un breve periodo, giusto?» chiese a Sadie.

Sadie annuì. «Sì, un paio di settimane al massimo.» Due settimane che lei e Hank avrebbero trascorso sotto lo stesso tetto. Una sensazione di panico le si diffuse nello stomaco. Insieme a quella però c'era qualcos'altro. Desiderio. Un desiderio bruciante. Se Hank avesse vissuto da loro per le prossime settimane, come avrebbe fatto a tenerlo a distanza?

Lui la stava guardando, gli occhi brillavano – era divertimento, quello che vedeva? Il braccio che le circondava la vita si strinse. «Non ci vedevamo da un sacco di tempo, ma la scintilla è ancora lì.»

Su quello aveva ragione. Sadie stava cadendo sotto il suo incantesimo, anche se immaginava che fosse tutta una sceneggiata. Almeno da parte sua. Per quanto riguardava Sadie, le emozioni e il desiderio erano fin troppo reali.

In che pasticcio si era cacciata?

CAPITOLO 6

Hank faticò a non mettersi a ridere nel vedere le espressioni che si avvicendarono sul viso di Sadie, dal panico più totale al rossore del desiderio. Poteva anche essere una brava attrice ma, con lui, non era mai riuscita a mentire o a nascondere quello che provava davvero.

Carla serrò le labbra per qualche secondo, poi sorrise. «Immagino di dover comprare più cose del previsto, se Hank verrà a stare da noi.»

Hank fece un cenno con la mano e scosse la testa. «Non ce n'è bisogno. Ci siamo fermati apposta. Ce ne occuperemo noi.»

«Come preferite.» Carla guardò il suo carrello vuoto. «Pensavo di prendere un po' di frutta, della verdura, pane e latte.»

«Se ci lasci la lista, li compriamo noi» disse Sadie.

Carla scosse la testa. «Solo questo.»

«Okay, prendiamo tutto noi.» Sadie rivolse alla cognata un debole sorriso. «Grazie per la pazienza. Immagino non rientrasse nei tuoi piani passare da solo voi due a quattro persone in casa.»

«No, sono sicura che Fin ne sarà felice.» Fece loro un cenno con la testa. «Ci vediamo a casa tra poco, allora.» Poi li oltrepassò e sparì dietro l'angolo della corsia.

Quando se ne fu andata, Hank la seguì, per controllare che lasciasse il negozio, prima di tornare da Sadie.

«Perché le hai detto che stiamo di nuovo insieme?» gli chiese Sadie in un veloce sussurro.

«Preferisco non far sapere a tutta la città che sono la tua guardia del corpo. Penso che abbiamo maggiori probabilità di trovare la persona che ti ha sparato, se teniamo il nostro... accordo per noi. Quando Carla è saltata alla conclusione che fossimo di nuovo una coppia, mi è venuto naturale confermarlo. Se non ricordo male, era una gran pettegola, alle superiori. Scommetto che, ora che torniamo al White Oak Ranch, tutta Eagle Rock saprà che siamo tornati insieme.»

Sadie si mordicchiò nervosamente il labbro. «Ma non è così, era quello l'accordo.»

«Io e te lo sappiamo, il resto del Montana no.»

Sadie si fissò le mani appoggiate sul carrello. «Non lo so.»

«Stai al gioco. Prima scopriamo chi è stato a spararti, prima possiamo dire a tutti la verità.» Le posò una mano sul braccio. «Se mi trasferissi a casa tua come tua guardia del corpo, tutta Eagle Rock salterebbe comunque alla stessa conclusione, e chi ti ha sparato capirebbe che sai che non si trattava di un cacciatore inesperto con più pallottole che cervello.»

Sadie si guardò intorno, come se non le piacesse quello sviluppo e stesse cercando una via di fuga.

Hank si sentì in colpa, ma sapeva che doveva stare con lei, se voleva proteggerla. «Non posso proteggerti dal Bear Creek Ranch. Quindi o tu vieni da me, o io vengo a stare da te. Devo stare con te ventiquattr'ore su ventiquattro. Questa è la soluzione migliore, e in questo modo nessuno saprà che sono la tua guardia del corpo. Il nostro passato lo renderà facile e credibile.» Si fermò per un attimo. «A meno che tu abbia cambiato idea e preferisca assumere qualcun altro.»

«No, non ho cambiato idea.» Sadie si stava mordicchiando un'unghia, come faceva quando era nervosa.

E come lui aveva sempre fatto, le prese la mano e le baciò la punta del dito. «Andrà tutto bene» la rassicurò, con lo stesso tono basso che usava un tempo quando era giù di morale, o agitata per qualcosa.

«Hai ragione, andrà tutto bene.» Sbuffò piano. «E pensare che sono venuta qui per riposare e rilassarmi.» Scosse la testa con un mezzo sorriso. «Comincio a pensare che sarei più al sicuro a LA, con la violenza delle bande e il traffico infernale.»

«Oppure hai bisogno di una guardia del corpo a tempo pieno, dovunque tu sia.»

Lei alzò lo sguardo su di lui. «Se mai dovessi lasciare i SEALs, avresti una carriera assicurata nella sicurezza personale.» Sadie si guardò intorno. «Soprattutto qui in Montana. Hai idea di quanti ricchi comprino giganteschi ranch in questo Stato, solo per sfuggire alla vita frenetica della città?»

E ora invece stava farfugliando, un altro modo per dare sfogo all'energia nervosa. Hank faticò a trattenere un sorriso. Se stargli accanto la rendeva così, sperava che fosse perché anche lei percepiva l'attrazione che lui sentiva. Trovarsi in un negozio, tra le scatolette e i cereali per la colazione, non rendeva l'elettricità tra loro meno potente.

«Vieni, facciamo la spesa. Poi dobbiamo passare dallo Sceriffo, per chiedergli un aggiornamento su chi ti ha sparato e per informarlo di quel paparazzo-stalker.» Prese il carrello e lo spinse verso lo scaffale delle carni conservate, facendo scorta dell'unica carne che il negozio avesse. Poi andò verso la frutta e la verdura.

Sadie lo seguì. Quando di proposito sporse il braccio verso delle banane troppo mature, intervenne lei, come sapeva che avrebbe fatto.

Dopo aver pagato, la aiutò a caricare la spesa in macchina, quindi la seguì fino all'ufficio dello Sceriffo.

Appena entrarono, lo Sceriffo si alzò dalla sua scrivania. «Signorina McClain! Sono contento che sia passata.»

Hank fissò lo Sceriffo per un attimo, prima di riconoscerlo. «Joe? Joe Barron?» Allungò una mano. «Ti ricordi di me? Hank Patterson.»

«Ricordarmi di te?» Joe stava sorridendo da parte a parte. «Come potrei dimenticarmi del miglior *running back* nella storia del football di Eagle Rock?»

Quando Hank gli strinse la mano, Joe lo tirò a sé per abbracciarlo. «Era ora che tu tornassi a Eagle Rock. Sei solo di passaggio o rimarrai per un po'?»

«Mi fermerò per un paio di settimane. Forse più.»

«Mi spiace per quello che è successo a tuo padre. Stiamo facendo di tutto per identificare il colpevole.» Joe guardò Sadie e lanciò un'occhiata a Hank. «Siete tornati insieme?»

«Stiamo tastando il terreno, ma le cose

sembrano promettere bene» rispose Hank. Prese la mano di Sadie e l'attirò contro di sé. Lei era un po' rigida, ma non contestò la sua spiegazione.

«Mi fa piacere. Ho sempre pensato che foste una gran bella coppia.» Poi, Joe tornò serio. «Siamo stati al campeggio e abbiamo parlato con gli organizzatori di attività venatorie, per sentire se qualcuno stesse cacciando vicino a quell'incrocio. Per ora, nessuno sembra aver visto o sentito nulla, né ha ammesso di aver sparato quei colpi. Ho inviato il proiettile estratto dalla spalla del signor Patterson al laboratorio di Stato, ma non mi hanno ancora fatto sapere niente. Purtroppo, non ho altre notizie da darvi.»

«In realtà, siamo passati anche per farti sapere che Sadie è stata avvicinata da un fan un po' troppo zelante, davanti al Diner di Al. Credo sia il caso che tu lo tenga d'occhio.» Hank gli fornì una descrizione dell'uomo, del suo vecchio pick-up e il numero di targa della California che era riuscito a vedere mentre l'uomo sfrecciava via.

«Credo si tratti dello stesso stalker che avevo a Los Angeles. Si chiama Tim Wallis» aggiunse Sadie. «Ho dovuto chiedere un ordine restrittivo nei suoi confronti.»

«Controllerò tutti i B&B, i lodge e i campeggi. Senza un mandato di perquisizione, non potrò entrare nella sua stanza né nel suo veicolo. Il fatto che volesse una foto con Sadie non lo rende in automatico un potenziale assassino. Se è Tim Wallis, posso arrestarlo con l'accusa di aver violato l'ordine restrittivo. Ne ha per caso una copia?»

Sadie aprì la borsa. «A cose normali non me la porterei dietro, ma ho ricevuto il documento ufficiale il giorno prima di lasciare LA, e l'ho infilato in borsa.»

Lo Sceriffo prese il documento, lo fotocopiò e restituì l'originale a Sadie. «Allerterò tutta la squadra.»

Hank annuì. «Perfetto. Ci avvisi, se lo trovate?»

«Certo.» Joe gli strinse la mano. «Sono davvero contento di vederti, Hank. Spero che tu decida di fermarti. Il Montana ha bisogno di più uomini come te. Se mai dovessi stancarti di essere un SEAL, c'è un *vero* lavoro che ti aspetta qui, come vice-sceriffo.»

«Grazie» rispose Hank, con sincerità. Con la possibilità di essere congedato dalla Marina per motivi medici, era contento di sapere che avrebbe avuto un lavoro anche nel mondo civile. Poteva decidere di diventare vice-sceriffo, o mettere in piedi un proprio servizio di sicurezza, come Sadie aveva suggerito e lui stesso stava considerando. L'idea gli piaceva. Che cosa facevano i SEALs quando lasciavano il servizio attivo? Non potevano semplicemente smettere di essere SEAL, era qualcosa che rimaneva per sempre. Come applicare, però, le abilità acquisite in combattimento nel mondo civile? Be', ora aveva due possibilità. E, con lui e Swede che rischiavano entrambi di essere fuori, doveva iniziare pensare a che cosa sarebbe successo dopo il servizio attivo.

Ne avrebbe parlato a Swede per capire se diceva sul serio, sul fondare un'agenzia di sicurezza composta da ex SEALs e altri veterani di guerra. Se avessero deciso di avere come base il Montana, Hank avrebbe potuto vedere Sadie tutte le volte che sarebbe tornata a casa. Vivere a Los Angeles non lo attirava, a meno che non significasse andare a vivere con Sadie. In quel caso, qualsiasi posto nel mondo gli andava bene.

Cosa gli saltava in testa? Sadie era una celebrità, ogni uomo nel paese avrebbe fatto carte false per stare con lei. Avrebbe potuto avere chi voleva. Perché avrebbe dovuto scegliere un SEAL acciaccato?

Hank aprì la porta della stazione di polizia e controllò la strada in entrambe le direzioni, poi le tenne aperta la porta. «Perché non andiamo con la mia? Possiamo lasciare la tua Jeep qui in città.»

Lei aggrottò la fronte. «Potrei averne bisogno.»

«Dovrai abituarti ad avermi intorno. Non ti lascerò andare da nessuna parte, se non verrò anch'io. È così che funziona.» Le fece l'occhiolino.

«Essere una guardia del corpo significa proteggere il corpo, e non posso farlo se siamo distanti.»

Sadie salì sull'auto di Hank, anche se con una certa riluttanza. «Sei sicuro che tutto questo sia necessario? Non mi ha più sparato nessuno, da quel primo incidente.»

«Preferisci fare da bersaglio, e vedere che succede?» Scrollò le spalle, anche se solo il pensiero gli gelava il sangue. «Sta a te decidere, sei tu il capo.»

Sadie guardò fuori dal finestrino, come se stesse valutando le sue parole. Poi, finalmente, si abbandonò sul sedile. «No. Mi sento più sicura, con te accanto.»

Hank fece un lungo respiro, uscì dal parcheggio e si immise sulla strada che li avrebbe portati fuori città. «Per la cronaca, non voglio che tu faccia da bersaglio. Ma non voglio neanche che tu ti senta soffocata.»

Lei ridacchiò. «Grazie. È solo che è tutto nuovo, per me. Non è che poi io sia niente di speciale.»

«Tesoro, è qui che ti sbagli. Sei un'attrice straordinaria e incredibilmente bella, capace di far ridere piangere, *emozionare* i tuoi fans. E se tutto ciò non bastasse, sei Sadie McClain di Eagle Rock, Montana, una delle donne più brillanti e intelligenti che io abbia il piacere di avere come amica.»

Lei allungò la mano verso di lui. «Lo siamo sempre stati, vero?»

«Amici?» Lui annuì. «E se vuoi che in questo momento siamo solo questo, me lo farò andar bene.» Anche se avrebbe fatto fatica a tenere a freno il desiderio di baciarla ogni volta che lei sorrideva, o rideva, o si mangiava l'unghia. No, non sarebbe stato facile.

Sadie non lasciò la mano di Hank finché non lasciarono la città. Poi, lui ebbe bisogno di entrambe le mani sul volante, mentre guidava lungo la strada tortuosa che portava al White Oak Ranch, il luogo che un tempo lei aveva chiamato casa. Hank vi era stato così spesso che i genitori di Sadie lo avevano più o meno adottato. Hank, Fin e Joe giocavano a football insieme. In una cittadina piccola come Eagle Rock, quasi tutti i ragazzi che fossero un minimo atletici giocavano nella squadra di football. Alcuni suonavano anche nella banda, e durante l'intervallo suonavano con la maglia della squadra. Sadie era sempre stata contenta di assistere come spettatrice, non era mai entrata né nella banda, né nelle cheerleader.

Era sempre stata una bambina tranquilla, non aveva mai cercato di mettersi al centro dell'attenzione. Era una gran lettrice e aveva un animo sensibile. Nessuno sembrava capire perché Hank, uno dei ragazzi più attraenti della scuola, potesse trovarla interessante. Quello che non sapevano era che Sadie e Hank erano amici da molto tempo prima di diventare una coppia.

Il ranch di Sadie e quello di Hank erano confinanti. Hank e Fin erano cresciuti insieme: si lanciavano la palla da football, cavalcavano insieme e, quando Hank riusciva a liberarsi dalle mansioni che il padre gli affidava, andavano al capanno di caccia. Di solo un anno più giovane, Sadie si era spesso unita a loro, preferendo la compagnia del fratello e del suo migliore amico piuttosto che delle ragazzine stupide a scuola. Le piaceva leggere, ma amava anche cavalcare e la bellezza delle Crazy Mountains non finiva mai di riempirla di meraviglia.

«Hai mai cavalcato, da quando hai lasciato il Montana?»

Hank le lanciò un'occhiata. "No. Tu?»

Lei scosse la testa. «Non ho molte occasioni di cavalcare, a LA. Vado a cavallo solo quando sono a casa.»

«Per un ragazzo di campagna cresciuto lontano dal mare, diventare un Navy SEAL è stata una bella sfida.» Hank si mise a ridere. «Tutti quegli anni a nuotare nei laghi ghiacciati con te e Fin mi hanno aiutato a prepararmi.»

«Ho visto dei video sull'addestramento BUD/S

dei SEALs. Quello che hai fatto per superarlo è straordinario.»

«Il BUD/S mi ha aiutato a crescere e a imparare a fidarmi dei miei compagni per superare i momenti difficili.»

«E immagino ce ne siano stati.» Sadie lo guardò. Notò che la sua mascella si era irrigidita, e la mano lasciò il volante per posarsi sulla gamba. «Sei stato ferito di recente?»

Hank corrugò la fronte. «Perché lo chiedi?»

«Ho visto come ti tocchi la gamba, e ho notato che zoppichi leggermente.»

L'espressione si fece ancora più cupa. «Sono comunque in grado di farti da guardia del corpo.»

«Non sto mettendo in dubbio le tue capacità. Volevo solo saperlo.»

Per lunghi istanti, Hank rimase in silenzio. «Sì, sono stato ferito. Sono stato dimesso dall'ospedale il giorno che ho ricevuto la telefonata di Allie su mio padre.»

Sadie sentì stringersi il petto. «Sei stato ferito in modo grave?»

Lui riportò la mano al volante, e lo strinse talmente forte che le nocche diventarono bianche. «Non grave come altri.»

Sadie avrebbe voluto saperne di più, ma non voleva insistere. Ne dedusse che la squadra di Hank aveva subito un duro colpo, forse anche qualche perdita. «Mi dispiace.»

«Per cosa?»

«Per quello che tu e il tuo team avete passato.»

«Il pericolo fa parte del mestiere.»

«Sì, ma so come ci si sente quando perdi qualcuno a cui vuoi bene, o quando viene gravemente ferito. Ti senti impotente, e ti chiedi se avresti potuto fare qualcosa per evitare che accadesse.» Sadie girò di nuovo la testa verso il finestrino, ricordando il momento in cui aveva saputo dell'incidente dei genitori.

«Ti mancano, vero?» Hank le lanciò un'occhiata, l'espressione addolcita.

Sadie annuì. «I miei genitori erano il mio punto di riferimento. Per tutto il primo anno, dopo la loro morte, mi sono sentita persa. La mia carriera era decollata, ma non riusciva a darmi gioia. Non avevo nessuno con cui condividere quel successo.»

«E tuo fratello?»

Lei sorrise. «Fin era troppo occupato con il ranch. Ci si è buttato a capofitto, cercando anche lui di superare il dolore. Almeno aveva Carla al suo fianco.» Sadie sospirò. «Non ho mai smesso di lavorare, ho fatto un film dopo l'altro. Arrivavo a sera talmente stremata che mi buttavo sul letto, troppo esausta per sentire qualcosa.»

La strada continuava a salire tra le colline, il

sole ormai tramontato dietro le cime delle Crazy Mountains.

«E tu? Immagino che tuo padre non ti abbia mai perdonato per essere andato via dal ranch.»

«No. Era molto amareggiato quando ho deciso di non lavorare con lui al Bear Creek e lasciare il Montana.»

Sadie rise, senza divertimento. «Non ha mai capito quanto fosse difficile lavorare con lui.»

«No.»

«Come ci riesce Allie?»

«Con lei, per fortuna, non è duro com'era con me. Credo che sia perché lei assomiglia così tanto a mia madre.»

Sadie sorrise. "Ricordo le foto che tuo padre teneva sul camino. Allie le somiglia molto."

«Sta frequentando un tizio di Bozeman, e a quanto pare sta diventando una cosa seria. Lui fa l'avvocato, si sono conosciuti quando lei è andata a sciare a Big Sky con il gruppo della chiesa.»

«Sono contenta che abbia trovato qualcuno.» Sadie percepì che Hank non sembrava altrettanto felice. «La cosa ti preoccupa?»

«Non l'ho ancora incontrato, non ho idea se dovrei essere preoccupato.»

«Starai qui un po', magari avrai la possibilità di conoscere l'uomo che ha rubato il cuore a tua sorella.»

«Vedremo.» La strada si era fatta più ripida e curvava attorno a un'altura scoscesa. Hank rallentò per affrontare la curva, poi frenò all'improvviso. «Dannazione!»

La cintura di sicurezza impedì a Sadie di ritrovarsi sbattuta contro il cruscotto o il parabrezza. Gridò e afferrò il bracciolo. «Che diavolo...»

Due rocce, ciascuna delle dimensioni di blocchi di cemento, giacevano nel bel mezzo della strada.

Hank dovette anche sterzare per evitarli, finendo fuori strada e giù per la ripida scarpata.

Sballottata su e giù e contro la portiera, Sadie cercò di tenersi come poteva, il cuore in gola, mentre il SUV puntava verso un gruppo di alberi nella gola in fondo al pendio.

«Tieniti forte!» urlò Hank. Quindi sterzò a sinistra. Il SUV si sollevò su due ruote e traballò per un attimo, per poi fermarsi su tutte e quattro le ruote.

Sadie rimase lì seduta, cercando di ricordarsi come respirare, tutta indolenzita per le botte prese. Si voltò verso Hank.

Hank teneva ancora le mani sul volante, il viso pallido sotto l'abbronzatura. «Stai bene?» le chiese, quando incrociò il suo sguardo.

Lei annuì. «Sì, e tu?»

Si toccò la gamba e fece una smorfia. «Sì.» Guardò verso la sommità del pendio. «Immagino che stiamo per scoprire se questo veicolo è in grado di scalare una collina.» Premette il pulsante per inserire la trazione integrale. «Vuoi risalire a piedi, o rischi insieme a me?»

Sadie si aggrappò alla maniglia sopra la portiera. «Vai.»

Hank premette piano il piede sull'acceleratore. In un primo momento, le gomme non fecero altro che smuovere sassolini e terriccio, poi finalmente fecero presa e l'auto iniziò la risalita.

Sadie chiuse gli occhi: la pendenza sembrava ancora più ripida che durante la discesa. Schiacciata contro il sedile, si aspettava che il veicolo si ribaltasse su se stesso, rotolando nel burrone per schiantarsi sugli alberi che aveva appena evitato.

Solo quando finalmente arrivarono in cima e furono di nuovo in piano li riaprì, e rilasciò il respiro che aveva trattenuto.

Hank parcheggiò sullo stretto ciglio della strada e puntò un dito nella sua direzione. «Resta qui e stai giù, mentre io sposto quelle rocce.»

Lei si girò per sbirciare attraverso il lunotto posteriore. Vide Hank studiare i due massi, prima di sollevarli e gettarli giù dalla scarpata che avevano appena risalito.

Quando risalì in auto, ingranò la marcia e proseguì verso il ranch. Aveva la mascella contratta e guidava molto più lentamente di prima, le mani strette sul volante, rallentando ancora di più a ogni curva.

Sadie gli toccò il braccio. «Non avresti potuto fare niente di diverso, se è quello che ti preoccupa. Se fossi stata io al volante, avrei sterzato e sarei finita fuori strada anch'io.»

Hank serrò le labbra prima di rispondere. «Se ti avessi seguito e tu fossi stata nella tua Jeep, saresti andata a sbattere contro quelle rocce oppure saresti finita giù per quella scarpata. Non ho dubbi che tu sappia gestire un veicolo fuori strada, ma evitare di andare a schiantarci contro quegli alberi ha richiesto tutta la mia forza.»

Sadie lo guardò perplessa. «È uno dei rischi di vivere ai piedi delle Crazy Mountains. Capita spesso che delle rocce finiscano in strada.»

«Quelle rocce non sono cadute dalla scarpata. Sono state piazzate lì apposta.»

Lo stomaco di Sadie si chiuse in una morsa. «Pensi che si sia trattato di un altro tentativo di farmi del male?»

«No, non lo *penso*.» Hank la guardò. «Lo *so*.»

CAPITOLO 7

Il White Oak Ranch si trovava ai piedi delle maestose Crazy Mountains. Confinava da un lato con il Bear Creek Ranch della famiglia Patterson e dall'altro con una foresta protetta, che ospitava una varietà considerevole di fauna selvatica. La casa principale era un cottage di montagna a due piani, costruito in pietra e legno di cedro, con un'ampia veranda tutt'intorno e finestre che davano sulle montagne da un lato e sulla valle dall'altro.

Sadie aveva sempre amato quella casa. Era lì che era cresciuta, insieme a Fin e ai suoi genitori, ed era legata a tanti meravigliosi ricordi. Non avrebbe scambiato quei ricordi per tutta la fama e il denaro del mondo. Quel luogo era sempre stato il suo rifugio, almeno fino alla morte dei suoi genitori.

Dopo quel lutto improvviso, Fin aveva abbandonato la sua carriera di architetto per tornare a dedicarsi al ranch di famiglia. Era tornato da Bozeman con la moglie e si erano stabiliti lì. Carla aveva fatto così tanti cambiamenti da far trasalire Sadie, come se qualcuno le stesse toccando una ferita ancora aperta. Capiva che era normale per una sposa cercare di rendere una casa sua ma, senza i suoi genitori, nulla era stato più come prima.

Carla aveva portato il letto a baldacchino della camera da letto padronale nella vecchia stanza di Fin, e aveva poi scelto un arredamento moderno nei toni del bianco e del marrone. La testiera in tessuto marrone era inchiodata al muro, il letto matrimoniale più grande di quello dei suoi genitori, e il piumone e i cuscini di un bianco sterile davano alla stanza l'aspetto di una suite di albergo.

I cambiamenti non si erano limitati alle camere da letto. Anche il soggiorno era stato convertito a uno stile moderno, che faceva a pugni con l'esterno della casa. I divani erano rigidi e bianchi, incapaci di regalare il giusto relax dopo una lunga giornata in sella.

Fin aveva insistito perché lasciasse la sua poltrona reclinabile in pelle, in modo da non essere costretto a farsi la doccia e cambiarsi, prima di sedersi per un momento di riposo. Sadie era quasi dispiaciuta per lui, ma era stato lui a lasciarle fare quei cambiamenti.

Hank parcheggiò sul vialetto sterrato di fianco alla casa e uscì dall'auto.

Prima che lui potesse raggiungerla, Sadie scese anche lei. voleva evitare qualsiasi contatto fisico con quell'uomo. Meno si toccavano, meno rischiava di cadere sotto il suo incantesimo. Quando sarebbe arrivato il momento di lasciare il Montana, non poteva portare Hank con sé. Lui aveva la sua vita con la sua squadra, lei aveva i suoi impegni cinematografici. All'improvviso si sentì triste. Dopo tutti gli anni passati a cercare di affermarsi, ora che era arrivata al successo si sentiva più sola, se non di più, di quanto era stata una sconosciuta che viveva in Montana. A dirla tutta, l'unico momento in cui si era sentita davvero qualcuno era stato quando era con Hank.

Lui la stava aspettando ai piedi dei gradini del portico.

Attraverso la porta con la zanzariera arrivava il suono di voci che litigavano.

Sadie si fermò e guardò Hank.

«Dovremmo forse dare loro un po' di privacy?» domandò Hank.

«Magari possiamo essere di aiuto» rispose Sadie, entrando in casa. «Fin? Carla? Tutto a posto?»

Carla stava venendo verso di lei, con una valigia in mano e un'espressione furente in volto. «Non potrebbe andare meglio.» Li oltrepassò e uscì dalla porta principale.

Fin apparve nell'ingresso portando un'altra valigia. «Sadie, Hank. Carla mi aveva detto che sareste arrivati da un momento all'altro. È bello rivedervi di nuovo insieme.»

Sadie voleva correggerlo, ma Hank le passò un braccio attorno alla vita, così Sadie evitò. «State andando da qualche parte?»

Fin posò lo sguardo sulla valigia. «Ha chiamato la madre di Carla, le ha chiesto di raggiungerla a Reno per un paio di settimane. Io non posso lasciare il ranch in questo momento, ho ancora delle mucche da portare a valle prima che nevichi.»

«Carla non sembrava molto felice» commentò Sadie. «Voleva che tu andassi con lei?»

«No. È solo che sua madre la fa impazzire. Ciò nonostante, la porta a fare shopping e si divertono, ai casinò.» Fin distolse lo sguardo. «È dispiaciuta perché avrebbe voluto rimanere qui mentre ci sei anche tu.»

«Non può rimandare la partenza?» chiese Sadie.

«No. Fidati: quando sua madre chiama, è bene che Carla vada. Le dà la possibilità di lasciare la vita di campagna e stare in città per un po'. Credo che sarebbe più felice, se vivessimo in città. La vita al ranch non fa per lei.»

Sadie lo guardò stupida. «Pensavo che foste felici di vivere qui.»

«Io sì, lei non molto.» Fin le scompigliò i capelli come era solito fare quando erano bambini. «Le passerà. La cosa importante è che tu ti prenda del tempo per rilassarti. Hai tenuto un ritmo massacrante. Al suono del clacson di Carla, Fin fece una smorfia. «Torno subito.» Uscì sulla veranda trascinandosi dietro la valigia e la caricò nel baule. Aveva appena chiuso il portellone e fatto un passo indietro che Carla ingranò la retromarcia e fece manovra. Senza un bacio o un saluto, accelerò nel vialetto, facendo schizzare la ghiaia.

Fin seguì la macchina con lo sguardo, con aria interdetta. Poi si voltò. «Devo finire di prendermi cura degli animali, prima di concludere la giornata.»

«Ti aiutiamo» si offrì Sadie.

«Non ce n'è bisogno.» Fece un cenno con la mano e si diresse verso il lato della casa. «Goditi questi momenti di tranquillità, Sadie. Fai già abbastanza finanziando questo posto!»

Di nuovo da sola con Hank, Sadie sentì di nuovo salire il panico. Quello che le veniva spontaneo fare sarebbe stato scivolare tra le sue braccia e baciarlo nella luce del tramonto. Il profumo degli aghi di pino e l'aria frizzante e pulita le ricordavano troppo di quando se ne stavano seduti sul portico, rannicchiati sotto una coperta, a guardare il sole calare dietro alle cime delle montagne.

La vita era molto più semplice, allora.

Hank si staccò da lei. «Porto in casa la spesa.»

Sadie lo seguì. «Ti do una mano.» Mentre prendevano i sacchetti dal bagagliaio, i loro corpi si sfiorarono più volte. Ogni tocco fortuito le accendeva una scintilla di desiderio, e quasi lasciò cadere una confezione di uova.

Hank riuscì ad acchiapparla in tempo, e le sue labbra si incurvarono come a trattenere un sorriso. «Sembri nervosa. Qualcosa ti preoccupa?»

Lei lo fulminò con lo sguardo. «Tu.»

Lui inarcò le sopracciglia con aria fintamente innocente, il che le fece venire voglia di schiacciargli le uova sul petto. «Sto solo recitando la parte, nient'altro. A meno che, ovviamente, tu non voglia che portiamo la cosa a un altro livello.» Il suo sguardo la sfidava.

«No.» Lei gli strappò la confezione di uova di mano. «Parlavo sul serio. Viviamo in mondi diversi. Non saresti felice, nel mio mondo. Non ti ci trascinerò.»

«Detto come una vera snob.» Le fece l'occhiolino. «Non ti preoccupare, sono solo la guardia del corpo. Conosco il mio posto.»

Il cuore di Sadie mancò un battito. «È questo che pensi? Di non essere all'altezza di Los Angeles?» Posò le uova nel bagagliaio e gli prese il volto tra le mani. «Oh, Hank, è esattamente il contrario: è Hollywood a non essere alla *tua* altezza. È un posto terribile in cui la gente è pronta a pugnalarsi alle spalle, a cavarsi gli occhi per il denaro. Dove la stampa non ti dà mai tregua, e s'inventa ogni sorta di storia per vendere più copie. Sanno essere insensibili e meschini. Un giorno sei una stella in ascesa, e il successivo ti fanno a pezzi o stampano delle bugie su di te.»

«Allora perché lo fai?»

Sadie rise. «Me lo chiedo spesso.» Si girò verso le montagne e lasciò vagare lo sguardo sui pascoli. «Amo recitare. L'idea di prendere un copione e dar vita a un personaggio è come una forma d'arte, per me. Credo che arrivi tutto dal mio amore per l'avventura e la fantasia nei libri che leggevo nei nostri lunghi inverni. Sentivo tutto quello che provavano i personaggi, gli ostacoli fisici ed emotivi erano miei quanto loro. Quando recitavo negli spettacoli della scuola, mi piaceva mostrare al pubblico in sala quello che i personaggi stavano vivendo attraverso il modo in cui li interpretavo. Se il pubblico rideva o piangeva, mi sembrava di far loro un regalo, di invitarli in un altro mondo, anche se solo per la durata dello spettacolo.»

Quando si voltò verso Hank, arrossì. «Sembra una cosa sciocca, lo so.»

Hank posò le borse della spesa e le prese le mani tra le sue, attirandola più vicino. «Per niente. Recitare è la tua passione, ti si legge in viso quando ne parli, e buca lo schermo nei tuoi ruoli. Non c'entra niente con il voler essere ricchi e famosi. Tu dai ai personaggi la voce che meritano, rendendoli ricchi di emozioni e sentimenti, proprio come te.» Si portò la sua mano alle labbra e le posò un bacio sul palmo. «Sei incredibile, ed è per questo che tutti ti amano.»

Sadie trattenne il respiro, aspettandosi che gli dicesse che anche lui l'amava. Quando non lo fece, nascose la propria delusione. Cosa si aspettava? Gli aveva detto che, una volta rientrata a Los Angeles, non avrebbe più avuto bisogno di lui, e che la loro relazione sarebbe stata esclusivamente platonica.

Chi credeva di prendere in giro? Pensare a un rapporto platonico con Hank era come gettare una foca in una vasca con uno squalo, e aspettarsi che lo squalo non la mangiasse. Non amare Hank era innaturale, per lei. Nonostante gli anni e la distanza, non aveva mai smesso di amare il cowboy con cui era cresciuta, né di paragonare gli altri uomini a lui. Ora che era un uomo adulto, con anni di servizio militare alle spalle, indurito dalle battaglie, era ancora più desiderabile. Era inevitabile che si innamorasse di lui ancora più di prima.

«Sadie...»

Sadie liberò la mano da quelle di Hank. Lui aveva la sua vita, e lei apparteneva a un altro mondo. «Portiamo dentro la spesa. Dato che Carla non c'è, preparerò la cena.»

Lui la fissò ancora per qualche istante. «Ti do una mano.»

Insieme scaricarono la spesa e la riposero in dispensa e nel frigo. Hank portò dentro il suo borsone e lo posò sul pavimento dell'ingresso.

Sadie provò un tuffo al cuore e una fitta di desiderio al ventre. Se fossero stati solo un uomo e una donna che vivevano nel Montana, e lei non avesse avuto degli impegni altrove, gli avrebbe detto di sistemare le sue cose in camera sua, dove avrebbero fatto l'amore fino al mattino. Gesù, quanto avrebbe desiderato tornare a essere quella semplice ragazza di Eagle Rock, Montana. Riusciva a sentire il sapore delle parole sulle sue labbra e a immaginare la reazione di Hank.

Con un sospiro di rassegnazione, gli parlò da sopra la spalla mentre si dirigeva in cucina. «Puoi mettere le tue cose nella vecchia stanza di Fin. Prima porta a destra in cima alle scale.» Le loro vite erano cambiate troppo, per tornare a quella semplicità.

HANK MOLLÒ il borsone nella vecchia stanza di Fin, che era molto diversa da come ricordava. I trofei di football, le fibbie vinte ai rodei e i poster dei suoi bull rider preferiti erano spariti, sostituiti da dipinti astratti con spruzzi di rosso, marrone e nero. Le pareti erano state ripitturate di marrone chiaro, e il massiccio letto a baldacchino era sistemato di traverso in un angolo della stanza. Hank ebbe la tentazione di rimetterlo al centro della parete dove si trovava il letto quando Fin era alle superiori. Invece, girò sui tacchi e lasciò la stanza com'era.

Trovò Sadie in cucina, che disponeva delle bistecche e dei petti di pollo su un vassoio. «Grill?»

Lei annuì, porgendogli il vassoio. «Sai dove trovarlo.»

Hank accese la griglia a gas e mise a cuocere le bistecche e il pollo. Quando tornò in cucina, aiutò Sadie a tagliare lattuga, pomodori e cipolle dolci per l'insalata, mentre lei puliva delle pannocchie e le avvolgeva in carta alluminio per poi metterle sulla griglia.

«Quando hai imparato a cucinare?» le chiese mentre mescolava l'insalata in una ciotola.

Sadie sorrise. «Quando facevo la cameriera a Los Angeles e non potevo permettermi di mangiare fuori. Stavo cercando di farmi strada nell'industria cinematografica e quello che guadagnavo andava tutto per pagare l'affitto. Ho persino imparato a come fare in modo che i ramen noodles avessero un gusto decente.»

«Ehi.» Hank attorciglio uno strofinaccio umido e glielo diede sul sedere. «Non parlare mai dei ramen noodles. Ne ho mangiati un sacco anch'io, per puro spirito di autoconservazione.»

Chiacchierarono e si spostarono dentro e fuori mentre controllavano il cibo che si cuoceva. Quando la carne era pronta per essere tolta dal grill, arrivò Fin.

Si fermò accanto alla griglia e annusò l'aria. «Che profumino delizioso.

«Vatti a dare una lavata mentre mettiamo in tavola» gli disse Sadie.

La complicità mentre preparavano la cena e la familiarità dei loro gesti fecero desiderare a Hank più serate come quella. Sarebbe stato così, se fossero stati sposati. Abitare sotto lo stesso tetto, cucinare insieme, dormire nello stesso letto…

«Perché quel sospiro?» gli chiese Sadie.

Hank non si era nemmeno accorto di averlo fatto. «Perché è una bellissima serata, e non vorrei essere da nessun'altra parte.»

Lei annuì. «Stavo pensando la stessa cosa." Prese un piatto pieno di carne e salì i gradini del portico.

Hank la seguì. Mentre entravano in casa, squillò il telefono. La voce di Fin risuonò in corridoio. «Pronto? Ciao, Joe. Stasera? Va bene, ti raggiungo sicuramente... Adesso lo chiedo anche a loro. Ci vediamo dopo cena.»

Sadie portò l'insalata in tavola e alzò lo sguardo quando suo fratello entrò in cucina, scuotendo i capelli bagnati. «Mi sono buttato sotto la doccia, dato che odoravo più di cavallo che di uomo.» Venne al tavolo a piedi nudi, mentre si abbottonava la camicia. «Era Joe, al telefono. Ha finito il suo turno e sta andando a prendersi una birra dopo cena alla Blue Moose Tavern. Vuole che lo raggiungiamo. Ha detto che il laboratorio della scientifica ha identificato il proiettile estratto dalla spalla di tuo padre.»

«Okay» rispose Sadie di getto, poi guardò Hank. «Se per te va bene.»

«Dove vai tu, vado anch'io» rispose Hank, senza aggiungere: *dopotutto, sono solo la tua guardia del corpo.*

Lei sorrise e indicò il cibo sul tavolo. «Signori, non fate raffreddare la cena.»

Hank le tirò indietro la sedia per farla sedere, e tutti e tre si misero a tavola e iniziarono a mangiare. La bistecca era così tenera che si scioglieva in bocca. «Proviene dai vostri animali?» domandò Hank.

Fin annuì. «Sì.»

«La migliore che abbia mai mangiato.» Hank e Fin iniziarono a parlare delle diverse razze di bestiame. Sadie prese parte alla conversazione, ridendo a tutti gli aneddoti del loro passato e della vita nel ranch. Ora che ebbero finito di cenare e riordinato la cucina, era calata la notte e il cielo era un immenso manto di stelle.

Fin si batté sulla pancia e si stirò. «Mi infilo un paio di stivali e una giacca, e sono pronto.»

«Io vado a cambiarmi.» Sadie lasciò la stanza dietro a Fin, e Hank rimase da solo ad asciugare l'ultimo piatto.

Si spostò in corridoio, dove erano appese le fotografie della famiglia, fin da quando ricordasse. Quando veniva a trovare Fin e Sadie, li aspettava lì, guardando le foto della famiglia McClain con il bestiame, che giocava a football, in vacanza, attorno all'albero di Natale, sorridenti e felici.

Hank aveva un vago ricordo di quando la sua famiglia era stata felice, quando la madre era ancora viva. Era stata la forza vitale che teneva unita la sua famiglia. Dopo la sua morte, suo padre era diventato più scontroso e irascibile. Criticava sempre tutti, soprattutto Hank. Lui ci aveva provato in tutti i modi, ma era impossibile accontentare suo padre. Per molti anni si era ammazzato di lavoro, per ottenere la sua approvazione. Ora che era un adulto e dopo tutto quello che aveva affrontato per diventare un SEAL, doveva dare credito al modo in cui era stato cresciuto. Se suo padre non fosse stato così duro con lui, probabilmente non avrebbe superato la prima settimana di addestramento BUD/S.

Fermandosi di fronte alla foto di Sadie dell'ultimo anno delle superiori, sentì il cuore gonfiarsi fino a scoppiare. Era la stessa fotografia che aveva tenuto nella tasca dell'uniforme per anni, finché non si era disintegrata. Sadie era la donna che aveva sempre avuto il suo cuore, che gli aveva dato una ragione per vivere, negli scontri più difficili sul campo. Pur sapendo di non poter competere con i suoi colleghi di Hollywood, sognava di poter stare insieme a lei, un giorno. Non aveva mai immaginato che sarebbe accaduto così presto. Ora che era con lei, non voleva che il loro tempo insieme finisse.

Fin comparve al suo fianco. «Era una tale ragazzina viziata, a quel tempo. Non so come tu facessi a sopportarla.»

«Ehi.» Sadie li aveva raggiunti in corridoio e diede una sberla sul braccio del fratello. «Non è questo il modo di parlare di tua sorella.»

«Non l'ho fatto finché non eri a portata di orecchio.» Fin si massaggiò il braccio. «Non era necessario che tu mi colpissi così forte.»

«Povero piccolo.»

«Ragazzina viziata.» Poi Fin la tirò a sé e l'abbracciò forte. «È così bello averti a casa.»

Sadie gli sorrise. «È bello essere qui.» Tornò seria. «Mi spiace solo che Carla sia dovuta andare via.»

Il sorriso svanì anche dal volto di Fin. «Credo sia meglio così. Avere troppe persone per casa la mette in agitazione, e sua madre è sempre contenta, quando va a trovarla.»

«Va tutto bene tra di voi?» chiese Sadie in un sussurro.

Hank sentì la preoccupazione, nella sua voce.

«È tutto okay. Andiamo. Joe avrà una birra di vantaggio, se non lo raggiungiamo presto.»

«Guido io» disse Hank. «Ho i chilometri illimitati sull'auto a noleggio, tante vale sfruttarli.»

«Non sarò certo io a dirti di no.» Fin tenne la porta aperta per Sadie. «Io sto davanti.»

«Mi sembra di essere tornata ai tempi delle superiori» commentò Sadie.

Hank non era d'accordo. Nonostante le parole fossero le stesse che avrebbero potuto dirsi undici anni prima, ognuno di loro aveva affrontato molte prove. Dall'assumersi nuove responsabilità, all'imparare nuove abilità, al soffrire la perdita di persone amate, avevano affrontato tempeste, e ne erano venuti fuori più forti.

Hank guidò sulla strada piena di curve che li avrebbe portati in città molto più lentamente di quanto non avesse fatto all'andata.

Fin lo prese in giro. «Stai guidando come un vecchietto. Cos'è successo al pilota di rally di una volta?»

«Si è calmato per via degli ostacoli incontrati sul suo cammino. Guidare come se fossi inseguito da un'orda di lupi inferociti non ha più la stessa attrattiva.»

«Hai capito che non siamo immortali?» Fin annuì. «Anche io ho smesso di cavalcare i cavalli più irascibili. Ho imparato a ingentilirli, più che a domarli. Diciamo che ho imparato la differenza.»

Parlare con i fratelli McClain lo riportava ai vecchi tempi. Arrivarono alla Blue Moose Tavern in men che non si dica.

Hank saltò giù e aprì la portiera a Sadie. La prese per mano e la tenne così fino a dentro il bar.

Joe venne loro incontro e ci furono abbracci con pacche sulle spalle. Un applauso si levò dalla sala non appena gli altri avventori si accorsero che erano entrati l'eroe cittadino e la stella di Hollywood. Dopo qualche minuto di strette di mano e saluti, finalmente si sedettero a un tavolo in un angolo.

Hank si era appena seduto quando notò che l'agente di Sadie stava entrando nel locale.

Anche Sadie doveva averlo notato. «Dannazione» mormorò.

«Basta che tu me lo dica, e lo sbatto fuori» le disse Hank.

«No. Posso gestirlo. È davvero uno degli agenti migliori sul mercato.»

«Sarà, ma non sa quando piantarla.»

«Vero.»

Quando Raymond vide Sadie, puntò in direzione del loro tavolo.

Sadie si raddrizzò sulla sedia. «Eccolo che arriva.»

«Sadie, sono contento che tu sia qui stasera» esordì Ray, fermandosi davanti a lei. «Spero che tu abbia avuto il tempo di considerare il contratto.»

Lei gli rivolse un'occhiata severa. «Ray, te l'ho detto: ne parleremo quando tornerò a Los Angeles.»

Hank si sporse in avanti e lo squadrò con un'espressione in grado di fare arretrare la maggior parte dei SEALs che erano nuovi nell'unità. «Ti consiglio di ascoltarla, Ray» disse, in un tono profondo e minaccioso.

Ray aggrottò le sopracciglia e tornò a rivolgersi a Sadie. «Ho il documento in macchina, mi serve solo la tua firma.»

«Ray.» La voce di Sadie era calma, controllata. «Sei licenziato.»

«Ci metto un attimo ad andare a prenderlo» continuò Ray. «Tu firmi, e io me ne torno a Los Angeles domattina.»

Hank si alzò e si piazzò tra Sadie e il suo agente. «Forse non hai sentito la signorina McClain. Ha detto che sei licenziato.»

Raymond sbiancò e fece un passo indietro. «Non puoi licenziarmi.»

Anche Sadie si alzò, mettendosi di fianco a Hank. «Posso, e l'ho appena fatto. Ora lasciami in pace.»

Ray spostò lo sguardo da Sadie a Hank, aprì la bocca, poi la richiuse. «Ne riparliamo quando torni a Los Angeles.»

Sadie incrociò le braccia al petto. «Non cambierò idea.»

Joe scelse quel momento per raggiungerli. «Scusatemi, ho dovuto parlare un attimo con uno dei miei vice.» Guardò Ray, poi Sadie. «Tutto bene qui?»

Ray fece un respiro e lo rilasciò con uno sbuffo. «Certo. Me ne stavo andando. Ma non finisce così.» Girò sui tacchi e lasciò la taverna.

Joe inarcò le sopracciglia. «È stato per qualcosa che ho detto?»

Sadie scosse la testa. «Non sei stato tu.»

Hank le fece passare un braccio attorno alla vita. «Sei stata brava a tenergli testa.»

«Sì, ma adesso ho bisogno di un nuovo agente.» Si scosse i capelli all'indietro. «Non voglio pensarci fino a quando non sarò di ritorno a Los Angeles. Adesso voglio godermi i miei amici.»

Qualcuno fece partire il jukebox, e le note di un brano struggente riempirono la sala.

Hank le si avvicinò. «Hanno messo la nostra canzone.»

«Avevamo una canzone?» chiese lei.

Le fece l'occhiolino. «Adesso, sì. Balla con me. Rinforzerà la nostra storia» le disse, quando la vide esitare.

Sadie parve ancora esitante. Quando un cowboy si alzò da uno sgabello e venne verso di lei, però, afferrò la mano di Hank e lo trascinò in pista. «Fammi vedere che cosa ti ha insegnato la Marina in termini di ballo.»

«Vacci piano con me. Non mi sono ancora del tutto ripreso.» Anche se la ferita gli provocava ancora delle fitte di dolore e non gli permetteva di fare uno squat decente senza strappare il tessuto cicatriziale appena formatosi, era in grado di dondolare sulle note di un lento tenendo stretta la sua ragazza.

La sua ragazza.

Si accorse di desiderare con tutto se stesso che fosse davvero così.

Sadie gli mise le braccia al collo e gli appoggiò

la guancia contro la spalla. Il calore del corpo di lei gli fece venir voglia di allontanarsi da quella folla, di trovarsi da soli, per potersi spogliare e fare l'amore come un tempo, sotto la luna estiva appesa nel vasto cielo del Montana.

Non furono necessarie parole. Bastarono le sensazioni che il contatto tra i loro corpi provocava, e respirare l'essenza che era Sadie. Quando la canzone terminò, lei alzò il viso a guardarlo.

Hank accolse quell'offerta, catturandole le labbra in un bacio lungo e profondo che lo scaldò ovunque e gli riempì il cuore fino a minacciare di farlo scoppiare.

Un brano vivace sostituì quello lento, e alcune coppie giovani arrivarono sulla pista.

«Qual era il titolo della canzone?» chiese Sadie.

«Non lo so.» Hank la prese per mano e la riaccompagnò al tavolo. «Perché?»

«Voglio ricordarla.» Invece di sedersi, Sadie si guardò intorno. «Vado in bagno» disse, cominciando ad allontanarsi.

«Vengo con te» disse lui.

Sadie fece un gesto con la mano. «Non preoccuparti. Non ho intenzione di uscire senza di te.»

Hank la seguì con lo sguardo mentre Sadie si districava tra persone e tavoli. Quando sparì nel corridoio che portava ai bagni, una sensazione di panico gli invase il petto.

«Siediti.» Fin picchiettò sulla sedia accanto a lui. «Ti ho ordinato una birra. La cameriera sta arrivando.»

Riluttante a perdere di vista Sadie anche solo per un momento, si mise a sedere.

Arrivò la cameriera con quattro bottiglie di birra.

Mentre le disponeva sul tavolo, Hank si sporse per continuare a tenere d'occhio il corridoio in penombra. Sapeva che le donne ci mettevano più degli uomini, ma più Sadie tardava a tornare, più la sua ansia saliva. Alla fine si alzò. «Devo andare in bagno.»

Fin sorrise. «Anche tu?»

«Cosa c'è di strano?»

«Niente.» Fin inclinò la testa verso la direzione in cui Sadie era sparito. «Ora che sarete di ritorno, sarò alla seconda birra.»

Hank si affrettò tra i tavoli affollati, e a un certo punto si trovò bloccato da una cameriera con un vassoio carico di bicchieri. Più tempo impiegava, più la sua agitazione aumentava. Dov'era finita Sadie?

CAPITOLO 8

SADIE INUMIDÌ una salvietta di carta e si tamponò la faccia, ancora in fiamme per il ballo e il bacio appassionato. Il desiderio la faceva bruciare. Voleva portarlo a casa, a letto, per poter fare l'amore fino all'alba. E poi ricominciare da capo.

Non pensava che il suo ritorno a casa l'avrebbe riunita al suo primo amore. Era lì per ritrovare il suo equilibrio, per avere il tempo di pensare ai prossimi passi nella sua carriera. Era all'apice, ma raggiungere quella vetta tanto ambita non le stava dando le soddisfazioni che aveva immaginato. Cos'era il successo senza amore?

Ogni sera rientrava nella splendida casa che aveva comprato sulle colline di Hollywood. Poteva permettersi di comprare qualsiasi cosa, ma aveva scoperto che non poteva comprare l'amore. Gli ultimi due anni erano stati pesanti: mentre lavorava sui set dei suoi film, aveva sognato di tornare a casa, nel Montana. Adesso che era lì, non voleva più andarsene.

E tutto quello aveva a che fare con Hank.

Si guardò allo specchio. «Come diavolo faccio a vivere senza di lui?» sussurrò all'immagine riflessa. Forse, se avesse ceduto al desiderio, avrebbe scoperto che avere quello che pensava di non poter avere avrebbe smorzato una nostalgia con cui aveva convissuto per più di undici anni.

All'improvviso aveva le farfalle nello stomaco. Si guardò ancora una volta allo specchio e sorrise. *Sì*. Avrebbe fatto l'amore con Hank (sempre che lui lo volesse ancora), e in quel modo sarebbe riuscita a metterselo alle spalle.

Una parte di lei sapeva che stava mentendo a sé stessa, ma il suo cuore aveva deciso. Uscita dal bagno, si voltò verso il bar, ma venne bloccata quando un telo scuro le venne gettato sulla testa, una mano guantata le piegò il braccio dietro la schiena e del freddo metallo le venne piantato contro la schiena.

«Prova a gridare, e ti buco i polmoni» sibilò una voce roca alle sue spalle.

Non riusciva a vedere il suo assalitore, né dove la stava portando. Si alzò sulle punte per alleviare il dolore al braccio. Una porta si aprì e si ritrovò nell'aria fredda della notte. Sadie iniziò seriamente ad avere paura. Se non si fosse ribellata, il suo rapitore avrebbe potuto portarla ovunque, farle qualsiasi cosa, forse persino ucciderla.

No, non si sarebbe arresa senza lottare. Quando sentì la porta richiudersi dietro di sé, piantò i piedi per terra, arretrò e ruotò su se stessa, sperando che, se lo sconosciuto avesse sparato, il colpo non la prendesse in pieno.

La persona che la teneva grugnì e barcollò all'indietro.

Sadie si liberò dalla sua presa, ruotò il braccio ed entrò in collisione con l'arma. Sentì il rumore del metallo a terra. Con il cuore che le batteva forte, si strappò il tessuto dalla faccia e si voltò per affrontare il suo assalitore.

Era vestito tutto di nero, con abiti larghi, e aveva il visto coperto da un passamontagna. L'uomo si tuffò per recuperare la pistola. Dato che lui era tra lei e la porta da cui erano usciti, e non volendo rischiare di beccarsi una pallottola, Sadie fece l'unica cosa possibile: scappò.

Corse lungo il retro dell'edificio, poi girò l'angolo e continuò a correre verso la strada. Dietro di lei sentì i passi dell'uomo che la seguiva, e si mise a correre ancora più veloce. Se fosse riuscita a raggiungere l'ingresso della taverna, forse avrebbe trovato qualcuno in grado di aiutarla, o magari sarebbe riuscita a rientrare, prima che l'uomo le sparasse.

Appena svoltato l'angolo andò a sbattere contro un uomo grassoccio, che barcollò, si aggrappò a lei e cadde a terra con un grugnito.

«Mi lasci andare!» gridò Sadie, temendo che l'aggressore armato sbucasse da un momento all'altro. Lottò per liberarsi, senza riuscire a districarsi.

Ora che Hank arrivò nel corridoio dove si trovavano i bagni del locale, capì immediatamente che qualcosa non andava. La porta del bagno delle donne si aprì e ne uscì una donna che lo squadrò con aria perplessa.

«C'era un'altra donna in bagno con lei?»

«No.» Gli passò accanto e tornò nella sala del bar.

Hank aprì la porta del bagno delle donne. «Sadie?» La stanza era vuota, e la preoccupazione si trasformò in allarme. Nel corridoio, notò un'uscita di sicurezza in fondo. Senza esitare, la raggiunse di corsa e sbucò fuori, nella notte. Il vicolo era vuoto, ma sentì una voce di donna arrivare dalla parte anteriore dell'edificio. «Lasciami andare!»

Cristo, era Sadie.

Hank corse intorno all'edificio, fino a raggiungere l'ingresso del locale. Trovò Sadie che si alzava da terra, e il fotografo in cui si erano imbattuti poche ore prima che stava cercando di fare altrettanto.

Raggiungendoli, Hank prese Sadie tra le braccia, la strinse per qualche secondo, poi la spinse dietro di lui. Furibondo, prese il fotografo e lo tirò su in piedi. «Vai dentro, Sadie, e chiama il 911.»

«Ma io non ho...» balbettò l'uomo. «Mi stavo facendo i fatti...»

Hank strinse i pugni e quasi lo sollevò da terra.

Sadie gli afferrò un braccio. «Non qui.» Lo trascinò verso la porta d'entrata.

Hank non mollò il fotografo, trascinandolo con loro.

«Lascialo andare, Hank» gli disse Sadie una volta dentro. «Non ha fatto niente.»

«Che cosa intendi?» ringhiò Hank, gli occhi fissi sull'uomo. «Ha cercato di farti del male.»

«No, gli sono andata addosso e l'ho fatto cadere.» Sadie si aggrappò al braccio di Hank. «Per favore, mettilo giù.»

Per un attimo, Hank si limitò a fissarlo, poi lo riappoggiò lentamente a terra. «Sarà meglio che la tua storia sia convincente. Cos'è successo?»

«Stavo per entrare nel locale per mangiare qualcosa, quando ho sentito qualcuno arrivare correndo dal lato del locale. Mi sono voltato e la signorina McClain mi è venuta addosso, e sono caduto per terra.»

Hank si voltò verso Sadie e lei confermò l'accaduto con un cenno del capo.

«È andata come ha detto lui. Non mi ha fatto nulla.»

Hank lo guardò in cagnesco, e mollò la presa a pugno che aveva ancora sulla sua camicia. «Vattene, prima che cambi idea.»

Il fotografo corse verso l'uscita senza pensarci due volte.

Hank tornò a rivolgere la sua attenzione a Sadie, che era pallida e stava tremando.

«Come mai eri fuori?» le chiese «Credevo tu fossi in bagno.»

«È così. Quando sono uscita, qualcuno mi ha coperto il volto con una sciarpa o un sacco e mi ha puntato una pistola alla schiena, poi mi ha spinto fuori dall'uscita sul retro.»

Hank una morsa chiudergli lo stomaco. Le passò un braccio attorno alla vita. «Lo sapevo che avrei dovuto accompagnarti.»

Sadie gli si appoggiò contro, agganciandogli le braccia al collo. «Non avrei mai pensato che qualcuno mi avrebbe attaccato qui dentro.»

«Non posso più permettermi di perderti di vista, neanche per un momento.» Le posò un bacio sui capelli. «Informiamo lo Sceriffo. Vorrà una descrizione della persona che ti ha aggredito.»

Sadie scosse la testa. «Non ho visto quasi nulla, Hank. So solo che indossava degli abiti larghi neri, un passamontagna e dei guanti. Non potrei neanche dire di che colore aveva gli occhi. Ero troppo occupata a scappare per fermarmi a guardare meglio.»

«Dobbiamo capire chi ti ha preso di mira e mettere fine a questa storia.»

«A me lo dici? Pensavo che l'unica mia preoccupazione fossero i paparazzi che sbucavano fuori per scattarmi delle foto. A questo punto, ben vengano le foto. Le pallottole potrebbero essere un po' più difficili da superare.» Appoggiò la fronte contro il suo petto. «Non posso vivere così.»

«Nemmeno io.» Le alzò il mento e la baciò sulle labbra. «Vieni, andiamo a parlare con Joe, poi torniamo a casa.» Tornarono da Joe e Fin. Il barista offrì loro un giro gratuito, ma nessuno aveva più voglia di bere, soprattutto Hank. Aveva fatto un errore, non accompagnandola al bagno. L'aveva persa di vista per pochissimo, e Sadie era quasi stata rapita, forse aveva rischiato di essere ammazzata. Cosa sarebbe successo se non fosse riuscita a scappare dalle grinfie dell'aggressore? Il solo pensiero lo faceva stare male.

Trenta minuti e una tonnellata di domande

dopo, Hank era seduto al volante del SUV, con Sadie dietro di lui. Si erano appena allontanati dalla taverna e stavano rientrando al ranch.

«Dannazione, Sadie» disse Fin, voltandosi a guardarla, «chi potrebbe volerti fare del male? Sei una sorta di tesoro nazionale, tutti ti amano.»

«Evidentemente, non tutti.»

Hank la guardò attraverso lo specchietto retrovisore. «Stai bene?»

Lei annuì, con una piccola smorfia. «Sono viva.»

«E questa è la cosa più importante» convenne Hank.

Sadie fissò fuori dal finestrino. «Non mi viene in mente nessuno che posso aver fatto arrabbiare fino a questo punto.»

«Potrebbe trattarsi di una rivale gelosa? Qualcuno che non ha avuto la parte che ti ha fatto diventare famosa?» domandò Fin. «Non capisco come ci si possa arrabbiare con una persona come te. Da bambini, nemmeno io riuscivo a tenerti il broncio.»

Sadie sorrise. «Be', di litigate ne abbiamo fatte.»

Fin serrò la mascella. «Sì, ma questo è peggio.»

Alle luci dei lampioni, Hank notò che Sadie era ancora pallida.

«Dobbiamo lasciare il tempo a Joe di fare il suo

lavoro» riprese lei, in un tono neutro, quasi asettico. «Voglio solo tornare a casa adesso.»

Hank si fermò sul vialetto davanti al ranch. «Restate qui mentre io controllo che dentro sia tutto in ordine.»

Sadie allungò una mano a toccargli la spalla. «Non pensi che chiunque ci sia dietro a questa cosa possa venire qui, vero?»

«Non voglio correre rischi. Aspettate finché non vi faccio segno di venire.» Hank scese dall'auto e richiuse la portiera dietro di sé. Quasi sperava che il colpevole fosse lì, così avrebbe potuto strangolarlo per aver terrorizzato Sadie. Il bastardo sarebbe morto anche solo per quello.

Hank fece il giro della casa, controllò tra le siepi e dietro gli alberi, poi salì i gradini del portico. Entrò dalla porta sul retro, con la chiave che Sadie gli aveva dato. Muovendosi senza far rumore, controllò ogni stanza, come avrebbe fatto come SEAL, solo che non aveva un'arma con sé. Una condizione che doveva cambiare. Fin aveva di sicuro una pistola da prestargli finché fosse stato lì.

Controllò tutta la casa. Niente si muoveva, e nessuno era nascosto negli armadi o sotto i letti.

Uscì dalla porta principale, scese i gradini e aprì lo sportello di Sadie. «È sicuro.» Di norma, Sadie non avrebbe aspettato finché lui non avesse controllato tutte le stanze. Avrebbe protestato, dicendo che era una stupidaggine. Il fatto che fosse rimasta chiusa in macchina per tutto quel tempo dimostrava quanta paura avesse.

Hank tenne aperto lo sportello, quindi si mosse con lei verso il portico, facendole da scudo con il suo corpo. Fin era dietro di loro, e una volta entrati, chiuse la porta e fece scattare la serratura.

Sadie rimase ferma nell'ingresso, il corpo scosso da un tremito. Anche nella relativa sicurezza della casa, non si mosse dalla curva del braccio di Hank.

Fin appese la giacca nell'armadio dell'entrata. «Vado a dormire, ragazzi. Domani mattina devo alzarmi presto per andare a controllare un recinto in un pascolo più in quota, prima che arrivi la neve.» Si stava girando verso le scale, ma si fermò e guardò Sadie. «Sono contento che tu stia bene, sorellina.»

Hank e Sadie rimasero in piedi nell'ingresso, da cui non si erano ancora mossi.

«Vuoi che accenda il camino?» chiese Hank,

Sadie scosse la testa. «No.» Si staccò da lui, strofinandosi le braccia. «Ho freddo, ma non penso che il fuoco riuscirebbe a scaldarmi.»

«Vuoi che ti tenga compagnia fino a quando non sarai pronta per andare a dormire?»

Sadie si voltò verso di lui. «No.» Si riavvicinò a lui e gli appoggiò le mani sul petto. «Voglio andare a letto subito.»

Lui le poggiò le mani sui fianchi, come faceva sempre quando erano ragazzi. «Ti accompagno nella tua stanza e controllo di nuovo che sia tutto a posto.»

«Ti ringrazio» disse lei, guardandolo negli occhi.

Hank deglutì, cercando di non lasciarsi sopraffare dal desiderio. Le prese la mano e se la portò alle labbra, e l'accompagnò su per le scale fino alla sua stanza, proprio di fianco a quella che avrebbe occupato lui. «Aspetta qui.» Hank entrò nella stanza, controllò di nuovo nell'armadio e sotto il letto. «Tutto a posto.» Quando si alzò, si voltò e andò quasi a sbattere contro Sadie, che non era più sulla soglia.

«Rimani qui con me, Hank.» Iniziò a sbottonarsi la camicetta, fino all'ultimo bottone.

Con il cuore che gli batteva all'impazzata e il membro eretto, Hank prese un respiro profondo e lo rilasciò. «Sei sicura che è quello che vuoi?»

«Non sono mai stata più sicura in vita mia.» Si sfilò la camicetta e la lasciò cadere a terra. Le sue mani andarono al bottone dei jeans.

Hank gliele prese, fermandola. «Pensavo che tu volessi mantenere il nostro rapporto sul piano professionale.»

«Mi sbagliavo. Mi è bastato un ballo per capirlo.» Gli passò le braccia attorno al collo. "Io ho una vita a Los Angeles, e tu in Marina. Ma, quando siamo in Montana, possiamo stare insieme.» Si alzò sulle punte dei piedi, le labbra a un soffio dalle sue. «Prendere o lasciare.» Gli sfiorò le labbra con le sue. «Per favore, prendi.»

Hank esitò. Quello che Sadie gli stava offrendo era qualcosa di temporaneo, un'avventura con un amante passato. Da un lato lo faceva sentire come una seconda scelta, come se non fosse abbastanza da poter stare con lei per sempre. Dall'altro, non poteva resistere all'idea di Sadie nuda contro di lui.

«E domani? O alla fine delle poche settimane in cui saremo entrambi qui?»

Lei gli sfiorò di nuovo le labbra. «Non voglio pensare al futuro. Voglio vivere nel presente. Con te. Dentro di me. Domani è un altro giorno, e ci penseremo domani.»

«Ho la sensazione che me ne pentirò» borbottò Hank, ma le stava già mettendo le mani sui fianchi per attirarla contro la propria erezione. «Ma in questo momento, non riesco a pensare ad altro che non a te, tra le mie braccia.» Si impossessò delle sue labbra, cercando con la lingua quella di lei per accarezzarla. Sadie sapeva di noccioline, birra e della sua dolce essenza, e Hank voleva berla fino a esserne inebriato.

Con movimenti frenetici, lei gli sbottonò la camicia e lui le abbassò i jeans.

«Oh, guarda qui.» Sadie gli fece scorrere le dita sui tatuaggi che gli coprivano le spalle e la schiena. «Mi piacciono.»

Lui le sfiorò il collo, scendendo poi verso il seno. «A me piace tutto del tuo corpo.»

In un baleno furono nudi e si ritrovarono a ridere, insieme, i respiri ansanti. Hank la sollevò da terra e la depose sul letto. Si raddrizzò e si costrinse a dire: «È la tua ultima possibilità di tirarti indietro. Sono già troppo eccitato per pensare di fermarmi.» Aveva il membro eretto, che sembrava puntare verso il sesso di lei.

«Per l'amor del cielo, Hank, non fermarti ora.» L'espressione di lei sembrò rilassarsi, sostituita da uno sguardo quasi di sfida. Si passò una mano sul seno, fermandosi per catturare un capezzolo tra il pollice e l'indice. Poi scivolò ancora più in basso, sul ventre, fino ad arrivare al triangolo di peli tra le gambe.

Hank ebbe l'impressione di non riuscire più a resistere. «Ti piace provocare, Sadie McClain.»

Lei fece il broncio. «A quanto pare, non lo sto facendo nel modo giusto, o saresti in questo letto con me.»

«Mi sto godendo la vista. Solo guardarti mi eccita.»

«Davvero?» Il broncio scomparve, le palpebre si fecero più pesanti. «Forse, allora, questo ti piacerà ancora di più.» Sadie separò le grandi labbra con le dita e si accarezzò il clitoride.

Hank ricordava quando la sua bocca era stata in quel punto, quando aveva fatto con la lingua quello che lei stava facendo. Sadie aveva gridato e lo aveva pregato di non smettere.

Sentì il membro farsi ancora più duro, ansioso di entrare nel suo stretto, scivoloso canale, di muoversi dentro e fuori. Ma si trattenne, assaporando il momento, pregustando il piacere. «Fammi vedere quanto vuoi che io mi stenda lì con te.» Stringendo i pugni per impedirsi di allungare una mano a toccarla, Hank la guardò far scivolare un dito più in basso, fino a penetrarsi, bagnandosi le dita con la propria eccitazione per poi tornare a stuzzicare il clitoride.

Hank quasi venne al solo guardarla. Il membro era talmente rigido da essere quasi dolorante, la punta umida di una goccia di liquido preseminale.

Sadie gli percorse il corpo con lo sguardo, fermandosi sulla sua erezione. Si inumidì il labbro inferiore con la punta della lingua, poi tornò a intercettare il suo sguardo. «Hai un preservativo?»

Con gli occhi puntati su di lei, nuda di fronte a lui, Hank faceva fatica a pensare con lucidità. Fece un respiro profondo per rallentare il battito cardiaco e cercò di concentrarsi per capire che cosa gli stesse chiedendo. «Preservativo. Sì!» Si chinò sui jeans, trovò il portafoglio e tirò fuori i preservativi che vi teneva, sperando che non fossero scaduti. Quanto tempo era passato dall'ultima volta? Non importava.

Sadie si sporse verso di lui, prendendone uno dalla sua mano. «Non ancora. Voglio che tu sia pronto per me come io lo sono per te.»

«Tesoro, se non vedi che sono pronto, allora i riflettori di Hollywood devono averti...» Hank non riuscì a terminare la frase, lo sguardo fisso sulla mano che Sadie gli aveva stretto attorno all'uccello.

«Oh, lo vedo, ma volevo toccare con mano.» Fece scivolare le dita fino alla punta e poi di nuovo in basso, a stuzzicargli i testicoli. «Mmm, credo che ci siamo quasi.»

Hank inspirò ed espirò piano, imponendosi di non venire subito. «Per favore, dimmi che questa non è una scena che hai interpretato nel tuo ultimo film.»

«Ho una controfigura, per cose del genere.» Mentre continuava a giocare coi suoi testicoli, si piegò in avanti per passargli la lingua attorno al glande. «Non ho bisogno di una controfigura stasera. Questa scena voglio interpretarla io.»

«Dio, Sadie, quando hai imparato a essere così dannatamente sensuale?» Hank le affondò le mani nei capelli. «Se non la smetti di parlare così, finirò prima di iniziare.»

Sadie rise, gli prese l'uccello in bocca, poi glielo lasciò andare, guardandolo con un sorriso. «Ti è sempre piaciuto quando ti parlavo così. Che cosa è cambiato?»

«Ho l'autocontrollo un po' limitato, quando ci sei di mezzo tu. Perché non stiamo zitti e scopiamo?»

«Non ho finito.» Sadie lo riprese in bocca, gli piazzò le mani sulle natiche e lo accolse fino in fondo.

Hank sentì vacillare la presa sul proprio controllo. «Ti avviso, non resisterò per molto…»

Lei si tirò indietro, lasciandolo scivolare di nuovo fuori, finché solo le sue labbra gli toccavano la punta. «Dammi ancora un attimo.»

Senza lasciargli le natiche, lo manovrò dentro e fuori, aumentando la velocità finché lui non le bloccò la testa premendole le dita sul cuoio capelluto. «Basta, sto per venire.»

«Va bene, allora diamo inizio allo show.» Sadie prese il preservativo, aprì la confezione e glielo infilò. Poi arretrò sul letto e aprì le ginocchia. Anche da dov'era, Hank vedeva quanto fosse bagnata.

Hank risalì quel corpo come un conquistatore, per piazzarsi tra le sue gambe. «Non ce la farò ad andare piano come avrei voluto.»

«Non voglio che tu vada piano» disse lei. «Non

voglio che tu ti trattenga. Scopami con tutto quello che hai. Voglio sentire ogni tuo centimetro dentro di me.»

Hank recitò un breve, silenzioso alleluia e scivolò dentro di lei. Se non poteva avere un futuro con Sadie, avrebbe fatto in modo che i ricordi di quella notte restassero scolpiti in modo indelebile nella sua mente. *Come se potesse mai dimenticarla.* Sadie era rimasta con lui fin da quando se ne era andato dal Montana, e sarebbe stato così fino a che avrebbe avuto vita.

CAPITOLO 9

SADIE ERA STESA sui cuscini e stava andando a fuoco, il corpo che si muoveva al ritmo imposto da Hank.

Quando lui finalmente l'aveva penetrata, aveva piegato le ginocchia, i talloni piantati sul materasso, in modo da potersi spingersi incontro a lui.

Quando il canale di lei si fu adattato alla sua lunghezza e al suo volume, Hank passò a spinte più veloci, e il rumore dei loro corpi che sbattevano uno contro l'altro la eccitò ancora di più. Sadie era dove voleva essere, con l'uomo che aveva riempito tutti i suoi sogni. Nessun altro avrebbe mai potuto reggere il confronto con lui. Sollevando il bacino per essergli ancora più vicina, Sadie cercò di memorizzare il modo in cui la riempiva, facendola sentire completa. Hank era la metà che le era mancata in tutti quegli anni.

Il corpo di Hank si irrigidì sopra di lei mentre la penetrava un'ultima volta, fin dove riusciva ad andare. Hank gridò il suo nome e il suo membro pulsò, dentro di lei, il seme che veniva raccolto nel preservativo.

Per un attimo, Sadie desiderò che non ci fosse quella barriera, tra loro. Le era facile immaginare un piccolo Hank che correva in giardino, ridendo e urlando a pieni polmoni, che li riempiva di gioia con il suo entusiasmo. Come sarebbe stato portare in grembo il figlio di Hank? Sentirlo crescere, scalciare e muoversi, fino a poterlo tenere tra le braccia?

Quando il corpo di Hank si rilassò, si stese accanto a lei, una mano sul suo ventre.

Quando Sadie fece per girarsi verso di lui, lui premette il palmo. «Non ancora. Voglio che venga anche tu.»

«Non sei obbligato a...»

Lui insinuò un dito tra le grandi labbra e iniziò ad accarezzarle la piccola perla di carne rigonfia di desiderio.

Il respiro di Sadie si bloccò in gola, le sue pulsazioni accelerarono.

«Stavi dicendo?» Si sporse verso di lei e le passò

la punta della lingua sul capezzolo. «Se non ti piace, posso smettere.» Le catturò il capezzolo tra i denti. «Anche se hai un sapore davvero molto dolce.» Mentre la lingua le stuzzicava il seno, il dito la penetrò, uscì bagnato e distribuì quell'umidità sul clitoride, con piccoli cerchi che le tolsero il fiato. Con un gemito, sollevò i fianchi, esortandolo a continuare.

Le sue carezze avevano un ritmo ipnotico, tanto che nulla esisteva tranne quel dito magico e il modo in cui la stava facendo impazzire.

La sensazione iniziò là dove lui la toccava ed esplose verso l'esterno, così intesa da farla gridare. Sadie smise di respirare, cavalcando l'orgasmo fino alla fine. Hank continuò a toccarla, rallentando il ritmo quando lei tornò sulla terra. Quando finalmente riuscì a riprendere a respirare, lo fece insieme a una gioiosa risata. Ruotò per girarsi verso di lui, sentendosi così calda, felice e rilassata che non credeva sarebbe riuscita a muoversi da dove si trovava. Né voleva farlo. Hank era incredibile. Anche da ragazzo, aveva saputo esattamente cosa fare per portarla a un completo e disinibito orgasmo.

Lui le baciò la punta del naso. «Sei incredibile.»

Sadie ridacchiò. «Stavo pensando la stessa cosa di te. Avevo dimenticato quanto fossi bravo a farmi arrivare fin là.»

«Tesoro, il tuo corpo è uno strumento perfetto.

Avevi solo bisogno dell'artista giusto per tirarne fuori la musica.»

Lei gli appoggiò una mano sulla guancia. «La Marina ti ha anche reso un poeta?»

«Sei tu che tiri fuori il romantico in me.»

«Un SEAL grande e grosso e tatuato che dice cose del genere è incredibilmente sexy.» Gli si avvicinò, strusciando i seni contro il suo petto. «Mi fa venire ogni sorta di voglia.»

«Tesoro, tu mi fai venire voglia del secondo round.» Fece un respiro e lo rilasciò. «Dammi qualche minuto, e possiamo ricominciare.» Si strofinò la la gamba con una smorfia.

Sadie si fece seria. «Mi dispiace. Ero talmente presa da ciò che stavamo facendo che mi sono dimenticata della tua ferita.»

Lui fece una smorfia. «Non è qualcosa di cui vien voglia di parlare, mentre si fa l'amore. E poi, non ci ho fatto nemmeno caso. Ero preso nel momento.»

«Avresti dovuto lasciarmi stare sopra.»

«Non avrei cambiato niente.»

Sadie scosse la testa e gli posò un bacio sulle labbra. «Be', per il secondo round, ti starò sopra e avrò io il controllo.» Gli premette un dito sulle labbra. «Niente discussioni.»

Lui le prese la mano e spostò il dito. «Tesoro, non ho alcuna intenzione di contraddirti. Stavo per dire che sei molto sexy, quando ti imponi sulle posizioni sessuali.» Hank le fece l'occhiolino e l'attirò tra le sue braccia.

Sadie gli appoggiò il viso sul bicipite, il naso contro il petto, respirando odore di aria aperta e muschio maschile, una combinazione assolutamente inebriante. Se avesse potuto fermare il tempo, lo avrebbe fatto. Chiuse gli occhi e impresse quell'istante nella memoria: la vista, l'odore e la sensazione di Hank che la teneva stretta, la pelle contro pelle. Due cuori che ne formavano uno.

Il respiro di Hank si fece profondo e regolare, e presto capì che si era addormentato.

Sadie, invece, non riusciva a prendere sonno. Non dopo quello che era successo. L'amore per Hank la consumava, ma aver fatto l'amore con lui non aveva cambiato niente. Al contrario, aveva solo peggiorato le cose. Non poteva chiedergli di rinunciare alla sua vita nei SEALs per seguirla su ogni set. Non sarebbe stato felice, senza il suo team, e presto si sarebbe trovato deluso di fronte alla vita al fianco di un'attrice famosa. Lo avrebbero chiamato signor McClain invece che signor Patterson, e lo avrebbero ritratto come un tizio che aveva vinto la lotteria sposando Sadie McClain. Hank era un eroe che aveva combattuto per il suo Paese, e Sadie non voleva che venisse considerato niente di meno. Lei era diventata famosa grazie alle sue doti di attrice, non perché aveva difeso delle persone o un modo di vita.

Peccato che non potessero stare insieme così per sempre.

Hank si girò sulla schiena.

Sadie rimase stesa al suo fianco finché la luce grigia che precedeva l'alba non fece capolino attraverso la finestra.

Sentì dei passi sulle scale e capì che suo fratello si era alzato e stava per uscire di casa. La vita in un ranch iniziava presto, in Montana. Sadie gli aveva proposto di assumere un sovrintendente che lo aiutasse, ma Fin aveva rifiutato, preferendo gestire il ranch da solo. Il carico di lavoro era aumentato, però, da quando aveva acquistato altro bestiame, e quella situazione non poteva durare a lungo.

C'erano dei giorni in cui Sadie si sentiva in colpa, per aver lasciato la gestione del White Oak Ranch sulle spalle di Fin. Quando andava a trovarlo, però, capiva che suo fratello amava quella terra e amava il suo lavoro. Con l'arrivo della prima neve imminente, doveva assicurarsi che tutti gli animali venissero riportati al sicuro nelle stalle. Se Sadie non fosse riuscita a sfondare, a Hollywood, sarebbe tornata a lavorare al ranch con suo fratello. Così come stavano le cose, aveva assunto dei cowboy che lo aiutassero.

Non aveva mai capito come facesse Carla a non

amare quella vita. Il lavoro era duro, ma dava immense soddisfazioni. Il ranch apparteneva ai McClain da più di un secolo, e sarebbe stato un lascito per le future generazioni.

Sadie si alzò dal letto, si infilò una vestaglia, prese dei vestiti puliti e andò nel bagno dalla parte opposta del corridoio. Fin avrebbe finito di fare colazione e sarebbe uscito, prima che lei fosse pronta a scendere di sotto, quindi si prese il suo tempo, godendosi il getto di acqua calda sulla pelle. Si insaponò il viso, quindi lo alzò per sciacquarlo, immaginando Hank lì con lei, le sue mani sul corpo.

La tenda della doccia si aprì, lasciando entrare dell'aria più fresca, e due mani calde le cinsero la vita, tirandola contro un muro di solidi muscoli. «Sei pronta per il secondo round?»

Sadie ebbe un tremito nel sentire quella voce profonda e sensuale. «Pensavo non ti saresti mai svegliato.» Si appoggiò contro di lui, guidandogli una mano verso il pube.

Lui le spinse l'erezione contro le natiche. «Io dormivo, ma un'altra parte di me sentiva la tua mancanza. Da morire.» Hank le mordicchiò il collo, poi le spostò i capelli dietro l'orecchio in modo da avere accesso al lobo e succhiarlo in bocca. La mano chiusa sul suo sesso, spinse un dito tra le labbra per sfregarle il clitoride.

Sadie gemette e allungò un braccio all'indietro. Chiuse il palmo sulla natica soda, tirandoselo più vicino, in modo che il suo membro premesse di più contro di lei.

Hank si sistemò meglio in modo da farglielo scivolare tra le gambe, strofinando quella durezza vellutata contro il suo ingresso e infiammandola di desiderio. Il dito non aveva smesso di accarezzare e stuzzicare, finché Sadie non sentì le ginocchia molli, il ventre teso, e l'orgasmo la travolse, diffondendo un'ondata di brividi e struggente calore per tutto il corpo. Fece oscillare i fianchi per cavalcare quel piacere fino in fondo, ma le rimase il desiderio bruciante di sentirlo ancora dentro di sé, di condividere il suo orgasmo incredibile con uno dei suoi.

Si girò nelle sue braccia e gli premette le mani sul metto. «Tocca a me darti piacere.»

«Tesoro, nel caso tu non l'avessi notato, lo stai già facendo.»

Lei rise. «Non è merito mio, ti sei svegliato così. Parlo di stare sopra di te.»

Lui le fece l'occhiolino. «So di che parli. Me lo stavo sognando.»

Sadie si voltò, chiuse il rubinetto e aprì la tenda. «Non posso farlo nella doccia, è fisicamente impossibile.» Lo prese per mano e andò verso la porta.

«Non ci asciughiamo?»

«Non posso aspettare.» Aprì la porta. «Fin, sei ancora a casa?» gridò.

Quando non ricevette risposta, spalancò la porta e attraversò il corridoio, nuda e bagnata, e più eccitata di quanto non fosse mai stata in vita sua. Trascinandosi dietro Hank, il suo unico obiettivo era cavalcarlo come se lui fosse uno stallone selvaggio: con energia e totale abbandono.

Appena entrati in camera, puntò il dito verso il letto. «In posizione, uomo rana.» Corrugò la fronte. «È così che chiamano i SEALs, giusto?»

Lui rise, le si piazzò davanti e le prese il viso tra le mani. «Sì, è così che ci chiamano.» Hank non andò subito sul letto, però: le baciò il collo, risalendo verso la mascella e poi le labbra. «Mmm, sai di buono.»

Sadie ricambiò il bacio. «Se vuoi che ti scopi io, stavolta, devi sdraiarti sulla schiena.» Indicò con un cenno del capo il letto disfatto.

Hank fece un passo indietro e la accarezzò con lo sguardo, dai capelli gocciolanti ai seni al sesso. «Sei ancora più perfetta di quando avevi diciott'anni.»

I loro occhi si incrociarono, poi anche lei si concesse un lungo sguardo. Ammirò i bicipiti scolpiti, le spalle larghe, la vita stretta. Il suo membro eretto svettava fiero, più grosso di come lo ricordava. Sadie non si fermò lì, costringendosi a guardare le cicatrici ancora infiammate sulla gamba. Si chinò per far scorrere un dito leggero su quelle linee. «Mi spiace che tu sia stato ferito.»

«Sto bene.» Hank le prese la mano, avvicinandola di nuovo. «E sto per esplodere per il bisogno che ho di te.» Si sedette sul letto, poi si stese, si girò sul fianco e appoggiò la testa sulla mano, sorridendo. «Ora che sono dove mi volevi, tesoro, che hai intenzione di fare?»

Sadie rise, l'angoscia di poco prima dimenticata, il desiderio di nuovo pressante. Presto lo avrebbe avuto di nuovo dentro di sé. Salì sul letto accanto a lui. «Ho intenzione di scoparti come lo stallone selvaggio che sei.»

«Mi piace quando usi questo linguaggio con me.» Hank allungò una mano verso un seno. «Ma mi piacerebbe avere una partecipazione un po' più attiva, che non essere soltanto un cavallo da cavalcare.»

Con la gamba già alzata per mettersi a cavalcioni su di lui, Sadie si bloccò. «Che cosa intendi?»

«Vieni qui.»

Sadie si sporse su di lui, trattenendo un sorriso. «Dimmi cosa vuoi, e lo farò.»

Lui le prese una gamba. «Girati.» Hank la fece mettere a cavalcioni, ma non sul suo uccello. In quella posizione, Sadie aveva la sua erezione di fronte, mentre i fianchi erano sospesi sulla testa di lui. Hank la tirò giù finché non riuscì a toccarla con la lingua. «Hai capito ora?» Le separò le grandi labbra coi pollici e sfiorò il clitoride con la lingua.

«Santo cielo, sì...» Sadie si abbassò ancora di più e gli leccò il membro, facendo scorrere la lingua sull'intera lunghezza.

Mentre lui la leccava e la succhiava, lei lo prese in bocca.

Hank alzò il bacino, e Sadie lasciò che si spingesse in profondità, giù fino in gola. Non si era mai trovata in quella posizione, prima, nessuno l'aveva mai presa con la bocca mentre lei faceva altrettanto con lui. Era l'esperienza più erotica che avesse mai avuto, e la scaraventò a livelli di eccitazione quai insostenibili. Nel giro di pochi secondi, avvertì l'ondata partire dal suo centro e bruciare ogni cosa sul suo percorso, incluse le sinapsi e le terminazioni nervose in ogni parte del corpo.

Hank continuava a spingersi nella sua bocca, dentro e fuori, con un ritmo crescente. Proprio quando Sadie iniziava a pensare che sarebbe esplosa per la forza del suo orgasmo, Hank la sollevò, la girò e la posizionò sopra i suoi fianchi.

Sopraffatta dal momento, Sadie lo aveva già accolto per metà dentro di sé quando ricordò. «Protezione» bisbigliò, aggrappandosi a quel minimo di controllo che riuscì a trovare.

Il viso teso, il corpo rigido sotto il suo, Hank

afferrò un pacchettino dal comodino e glielo piazzò sul palmo aperto.

Sadie ridacchiò. «L'uomo per me, sempre preparato.» Aprì il preservativo e glielo infilò fino alla base, prendendosi un momento per accarezzargli i testicoli. Poi si abbassò fino ad accoglierlo fino in fondo, e si chinò in avanti per baciarlo, reclamando la sua bocca con la lingua. Quando gli permise di prendere fiato, disse: «Adesso tocca a me.»

Sollevandosi, strinse i muscoli per stringerlo, fino quasi a farlo scivolare fuori. Poi si riabbassò, con infinita lentezza, assaporando le sensazioni di quel possesso.

Hank gemette. «Tesoro, mi stai uccidendo.»

«Oh, ma è così bello.» Anche alle sue stesse orecchie, suonava come un gatto che faceva le fusa. Come aveva potuto pensare che fare l'amore con Hank l'avrebbe poi aiutata a dimenticarlo? Se possibile, lo voleva ancora più di prima.

HANK LASCIÒ che fosse Sadie a condurre il gioco. Lo stava cavalcando come se fosse un toro meccanico al rallentatore. All'inizio era stato bello, poi dolorosamente erotico, alla fine, pensò di stare per esplodere. «Tesoro, mi stai davvero uccidendo.» Le afferrò i fianchi e la tirò giù con forza, spingendoglielo dentro con decisione, poi la risollevò e fece lo stesso.

«È così che ti piace?» Sadie gli fece l'occhiolino. «Okay.» Iniziò a farlo da sola, andando su e giù. Appoggiata al suo petto, si muoveva con un'intensità che era pari al desiderio bruciante che lui provava.

Il sedere di Sadie sbatteva sulle sue cosce, i seni oscillavano davanti a lui. Il dolore alla gamba ferita era un prezzo che era disposto a pagare per vedere la determinazione sul viso di lei mentre faceva l'amore con lui come se fosse uno stallone da domare. Quando pensava che nulla avrebbe potuto essere più intenso, fu catapultato nella stratosfera dal piacere improvviso. Spinse il bacino per penetrarla più a fondo e le afferrò i fianchi per tenerla ferma, finché il suo uccello non smise di pulsare e lui riprese conoscenza e il contatto con la Terra.

Poi la prese tra le braccia e la tenne stretta, il cuore che gli martellava contro le costole, il seno di lei schiacciato contro il suo petto. Amava quella donna più della sua vita.

Rimasero avvinghiati l'uno all'altra fino a quando la luce del giorno non filtrò dalla finestra, ricordando loro che c'era un mondo là fuori che li stava aspettando.

«Potrei rimanere così per sempre, ma credo che

tu abbia bisogno di respirare» disse Sadie. Si sollevò e rotolò al suo fianco.

A Hank brontolò lo stomaco. «Credo che tutta questa attività mi abbia fatto venire fame.»

In tutta risposta, anche il ventre di Sadie brontolò. «So fare un'omelette niente male.»

«Vada per l'omelette.» Hank si alzò dal letto e la tirò a sé. «Sei pronta ad affrontare la giornata?»

Lei si appoggiò al suo petto e ridacchiò. «Non appena sarò un po' più salda sulle gambe. Credo di essere un po' fuori forma.»

Lui fece scivolare le mani dalla vita alle sue natiche. «Per come la vedo io, sei in forma perfetta.» Poi le baciò il collo e annusò. «C'è un odore strano.»

«Ehi.» Si staccò e gli diede una pacca sul braccio. «Non è carino.»

Hank la scostò: l'istinto gli diceva che c'era qualcosa che non andava. «No, parlo sul serio. Sento odore di gas. Tipo propano o gas naturale.»

«Usiamo il propano per riscaldare la casa.» Lei annusò l'aria e aggrottò la fronte. «Ora che lo dici, lo sento anch'io.» Si avviò verso la porta della stanza. «Forse Fin si è dimenticato di chiudere il gas del piano cottura.» Stava per girare la maniglia, quando Hank le afferrò la mano.

«Non aprire.»

«Devo spegnere il fornello prima che scoppi un incendio.»

«Dobbiamo uscire da questa casa.» La tirò verso la finestra. «Ora.»

«Ma...» Sadie si divincolò per liberare il polso.

Hank non la lasciò andare. «Se l'odore di gas è arrivato fin qui con la porta chiusa, siamo nei guai.»

«Che tipo di guai?» Sadie prese i vestiti da terra, infilò le maniche della camicetta e si tirò su i jeans in fretta e furia.

«Guai grossi.» Hank sbloccò la finestra e la spinse in su. «Esci sul tetto e trascinati piano sul sedere fino al traliccio. Se è robusto come quando mi ci arrampicavo da ragazzo, ti reggerà. Scendi in fretta che puoi e corri il più lontano possibile dalla casa.»

«Vieni anche tu.» La fronte corrucciata, ora era lei a non volergli lasciare la mano.

«Sarò proprio dietro di te» la rassicurò lui, infilandosi i jeans e gli stivali.

Sadie si voltò verso la porta. «E gli album di fotografie e la Bibbia di famiglia?»

Hank la prese per le braccia e la guardò serio. «Se non esci adesso, non perderai solo le foto.»

«Ho bisogno di scarpe» gridò lei.

«Te le butto giù io. Ora, per l'amor del cielo, vai!»

Sadie si sedette sul davanzale, abbassò la testa e sporse le gambe sul tetto spiovente. Un attimo dopo aveva raggiunto il bordo. Si stese sulla pancia e si sporse per appoggiare i piedi sul traliccio. Gli fece il segno del pollice in su e cominciò a scendere.

Hank si precipitò a prendere gli stivali di Sadie. «Occhio!» gridò, e li lanciò in giardino. Poi uscì anche lui sul tetto e, acquattato, raggiunse il traliccio. Stava per posarvi un piede quando Sadie apparve sotto di lui. «Allontanati dalla casa!" urlò, facendole un gesto con la mano. «Corri!»

Lei scosse la testa. «Non me ne vado senza di te.»

«Vai!»

Sadie si voltò e corse verso il fienile. Inciampò, cadde, si rimise in piedi e continuò a correre. Più si allontanava, meglio Hank riusciva a respirare.

Aveva appena appoggiato il piede sull'appoggio successivo quando il mondo attorno a lui esplose, sbalzandolo via. Si ritrovò in aria e, quando atterrò, l'aria venne espulsa dai polmoni e la testa gli rimbalzò sul terreno. Vide le stelle, poi più niente.

CAPITOLO 10

Sadie aveva quasi raggiunto il fienile quando la casa esplose con un boato alle sue spalle. L'onda d'urto fu tale da sbatterla a terra e farla scivolare sul terriccio. Una pioggia di detriti iniziò a pioverle intorno e si protesse la testa con le braccia. Quando tornò il silenzio, si rialzò e si girò verso la casa.

Dov'era Hank? Dio, non era dietro di lei come avrebbe detto che sarebbe stato. Si incamminò verso la casa in fiamme ma venne bloccata da una figura che le si parò davanti.

Indossava abiti larghi scuri, un passamontagna nero e reggeva una pistola.

«Maledetta.» Sadie riconobbe la voce roca: era la stessa persona che l'aveva aggredita la sera prima alla taverna, probabilmente la stessa che le aveva sparato e aveva colpito invece Lloyd Patterson.

«Sei stato tu.» La rabbia era come una sfera di fuoco nel suo stomaco, pronta a esplodere. «Hai sparato a Lloyd, hai distrutto la mia casa e… e… Hank.» Sadie fece un altro passo avanti: doveva trovare l'uomo che amava più della sua carriera, della sua villa a Los Angeles, più della sua vita. Forse era ferito, forse stava morendo. Doveva arrivare da lui.

«È morto, e presto lo sarai anche tu.» Puntò la pistola verso Sadie e premette il grilletto.

A Sadie si bloccò il respiro. Non ebbe il tempo di muoversi, non avrebbe mai potuto gettarsi di lato abbastanza in fretta da schivare una pallottola. Grazie al cielo, la pistola sobbalzò nella mano dell'aggressore e la pallottola la mancò completamente.

Sadie si buttò di lato, rotolò e si rimise in piedi, scagliandosi contro l'uomo vestito di nero.

«Puttana!» urlò questi.

Prima che potesse prendere la mira, Sadie si abbassò e lo investì come un toro con un matador. Con tutta la furia che aveva dentro, spinse entrambi indietro e a terra, uno sull'altro. Nell'impatto, l'aggressore perse la pistola, che scivolò lontano.

Sadie era atterrata su di lui e lo schiacciò al suolo. «Bastardo! Se hai ucciso Hank, ti strangolo e poi ti trascino in casa, così bruci all'inferno come meriti.» Il fuoco che si levava dalla casa in fiamme non era niente in confronto all'ira che ardeva dentro di lei.

Il corpo sotto di lei lottò, si inarcò e scalciò. Sembrava troppo piccolo per appartenere a un uomo, e non aveva la forza di scrollarsi Sadie di dosso. Afferrando il passamontagna, glielo strappò dalla testa e sussultò.

Lunghi capelli biondi tinti si erano allargati sul terreno, e un viso familiare la fissava.

"Carla?" Sadie scosse la testa. «Tu?»

Per tutta risposta, Carla le sputò in faccia e iniziò di nuovo a dimenarsi. «Maledetta! Dovevi morire, cazzo! Avresti già dovuto essere morta!» Le tirò un pugno, colpendola sul lato della testa.

Sadie cercò di catturarle i polsi, schivando i colpi successivi. Quando finalmente riuscì ad afferrarli entrambi, la bloccò a terra. «Sei della famiglia. Perché mi vuoi morta?»

«Fai soldi a palate e vivi una vita da favola, mentre io sono bloccata qui, sepolta viva in un ranch che odio, a far da sguattera a un uomo che non sa nemmeno che esisto. Poi te ne arrivi all'improvviso, ti prendi il ragazzo che alle superiori usciva con me, prima che con te, e mi sbatti sotto il naso tutta la tua gloria. Odio te, odio questo ranch, odio mio marito e voglio che moriate tutti.»

«Quello che dici non ha senso. Se noi moriamo, resti da sola, in una situazione anche peggiore.»

«Stronzate! Se tu e Fin morite, il ranch diventa mio. Mio!» Riprese a lottare per liberarsi le mani. «Potrò vendere questa merda di posto. Qualche californiano con più soldi che cervello sarà disposto a pagare oro per quest'angolo d'inferno, e io avrò abbastanza soldi da andarmene il più lontano possibile da Eagle Rock e dal Montana.»

«Parte del tuo desiderio verrà di certo esaudito» disse una voce maschile alle loro spalle.

Sadie si voltò, e sentì una stretta al cuore.

Fin aveva la mascella serrata, lo sguardo tetro e un colorito cinereo. Teneva un cavallo per le redini, visibilmente spaventato dalle fiamme che si riflettevano nei suoi grandi occhi neri.

«Sapevi a che cosa andavi incontro, quando ci siamo sposati» Fece un altro passo verso di loro. «Non ho mai fatto segreto di voler restare in Montana.»

Sadie rotolò giù da Carla e si alzò in piedi.

Anche Carla si alzò, barcollando, i capelli arruffati e le labbra piegate in una sorta di ghigno. «Sono stata un'idiota a pensare che quattro anni nei Marines ti avrebbero mostrato il mondo là fuori. Ti ho sposato perché almeno eri stato in altri luoghi, oltre a Eagle Rock. Credevo che sarei riuscita a farti cambiare idea, a farti spostare da qui. Ah!» Carla sputò per terra vicino ai piedi di Fin. «Invece non te ne andrai mai da questo buco.»

«Esatto. Quando mi sparavano addosso, sulle colline dell'Afghanistan, l'unica cosa alla quale riuscivo a pensare era quella di ritornare a casa, in Montana. In questo ranch. Non ho alcun desiderio di spostarmi da qui.» Fin spalancò le braccia. «E perché dovrei? Questo luogo è il paradiso, a confronto con i luoghi dove sono stato.»

Sadie sentì chiaramente il dolore, nella voce del fratello. L'esperienza nei Marines lo aveva cambiato per sempre. L'adolescente spensierato che correva sulle Crazy Mountains era scomparso: per il primo anno dopo il suo ritorno, i suoi genitori le avevano raccontato che saltava a ogni rumore e aveva incubi da cui si svegliava urlando.

«Tieniti pure tutto questo posto» disse Carla con disprezzo, allontanandosi da Sadie. «Io ho chiuso. Mi trasferirò a Reno con mia madre.»

«E pensi di cavartela così?» La voce di Sadie era un sibilo tagliente. «Hai commesso un paio di crimini, incendio doloso e diversi tentati omicidi.»

Gli occhi di Carla divennero una fessura. «Non avrai mai il coraggio di denunciarmi. Sarebbe pubblicità negativa per la tua carriera.»

«Cara mia, qualsiasi tipo di pubblicità va bene, per la mia carriera.» Sadie fece un cenno verso la casa in fiamme. «E non sono io, che ho appiccato un incendio.»

«Non ci sarà bisogno che Sadie ti denunci» disse Fin. «Lo farò io.» Allungò un braccio verso di lei.

Carla schivò la presa e si buttò a terra.

Prima che capissero il motivo di quella mossa, aveva già afferrato la pistola, si era girata sulla schiena e aveva fatto fuoco.

Il proiettile colpì la gamba di Fin, che cadde stringendosi la coscia. «Porca puttana!»

«Fin!» Cercando di non pensare alla pazza che ancora brandiva la pistola, Sadie si gettò in ginocchio accanto a lui. Gli premette la mano sulla ferita, sperando di riuscire a fermare il sangue, che le sbucò presto tra le dita. «Devo fermare l'emorragia» disse, la voce tremante.

«La mia camicia.» Fin si mise a sedere, si tolse il giaccone, poi si sfilò in fretta la camicia e gliela porse.

Sadie gliela premette sulla ferita, pregando che Carla non ne approfittasse per spararle alla schiena. Sadie doveva chiamare aiuto per suo fratello e doveva trovare Hank. L'ultima volta che l'aveva visto, era ancora sul tetto della casa. Era riuscito a scendere, prima che l'edificio esplodesse? L'onda d'urto poteva averlo investito.

Doveva essere privo di sensi da qualche parte, o

sarebbe accorso, quando Carla la minacciava con la pistola. Sadie si rifiutava di pensare che fosse rimasto imprigionato nell'inferno di fiamme che era la casa della sua famiglia.

Con la coda dell'occhio vide che Carla si stava rialzando, reggendo l'arma di fronte a lei. «Non vi permetterò di farmi marcire in una fetida prigione dello Stato del Montana. Ho sopportato questa vita infernale per troppi anni e ho già scontato la mia pena. Ora tocca a voi.»

«Fallo, Carla» le disse Sadie. «Uccidici tutti e facciamola finita.» La trapassò con un'occhiata. Il calore dell'incendio le scaldava la faccia, e la furia le trapassava l'anima. «Ma non la farai franca.»

«Certo che sì. Voi due avete avuto una brutta litigata.» La guardò con un ghigno. «Lascerò la pistola fumante nella tua mano, *sorellina,* e un biglietto scritto nella tua calligrafia.»

«Il tuo piano ha solo un difetto: non lo farai. Non sei capace a sparare, e sei troppo una codarda.»

«Ne sei sicura?» Carla alzò la pistola. «Guardami.»

«Ehi!» chiamò una voce profonda sopra il crepitare del fuoco.

Il cuore di Sadie sussultò per la gioia, e subito dopo tremò per la paura. «Hank! Stai attento! Ha una pistola!»

Carla si voltò verso di lui, puntandogli la pistola al petto. Fece qualche passo indietro fino al punto in cui Sadie era inginocchiata accanto a Fin. «Se ti avvicini, la uccido.» Carla era in piedi tra Sadie e Hank, e continuava a spostare la pistola dall'uno all'altra.

Hank si fermò e alzò le mani. «Getta la spugna, Carla. È finita.»

«Non è finito un bel niente!» Agitò la mano con la pistola. «Finché ho questa, detto io le regole.»

Una folata di vento freddo si insinuò tra il fienile e la casa, dando nuova vita alle fiamme. I primi fiocchi di neve iniziarono a cadere, mischiandosi alla cenere. Sadie rabbrividì, non avendo addosso altro che una camicetta e i jeans.

Carla la prese per i capelli e la tirò in piedi, puntandole l'arma alla testa. «Fai un altro passo, e le faccio un buco nella testa così grande che non rimarrà niente da mettere insieme.»

«Carla, metti giù la pistola» le intimò Fin. «Non puoi sparare a tutti e tre. Uno di noi ti sarà addosso, prima che tu possa eliminarci tutti. Andrai in prigione per omicidio.»

«Non ci andrò affatto, in prigione! Sadie è il mio lasciapassare per andarmene da qui.» Sempre tenendola per i capelli, la spinse verso la parte anteriore della casa, dove erano parcheggiate le auto, illuminate dal fuoco. Le si avvicinò per parlarle. «E se stai pensando di scappare o di fare qualche scherzo, pensaci bene. Prima sparerò a Hank, poi finirò Fin. Anche se scappi, non avrai nessuno da cui tornare. Ci siamo capite?»

«Sadie» urlò Hank. «Fai quello che devi. Non preoccuparti di noi.»

«Stai zitto!» Carla spostò la pistola verso Hank e fece partire un colpo.

Sadie approfittò di quel momento per ruotare e andarle addosso, sperando di farle perdere l'equilibrio. Ma non riuscì ad avere abbastanza spinta, e Carla non mollò la presa sui capelli.

«Puttana!» gridò Carla.

La strattonò così forte da tirarle la testa all'indietro. Gli occhi le si riempirono di lacrime per il dolore, accecandola temporaneamente, tanto che non riuscì a vedere se Hank o Fin fossero stati colpiti. Ora la neve cadeva decisa, e l'incendio non accennava a placarsi. Carla la spinse in avanti, tirandole calci. «Muoviti!»

Quando furono arrivate all'auto di Carla, la donna le lasciò i capelli.

Sadie si voltò e tirò una manata, sperando di colpire Carla sulla mano che reggeva l'arma.

La donna, però, era pronta al suo attacco e la colpì a sua volta sulla tempia col calcio della pistola.

Sadie barcollò all'indietro, confusa da una fitta di dolore allucinante all'occhio. Con la coda dell'occhio che non era stato colpito, vide che il bagagliaio era stato aperto. Prima ancora di capire l'intenzione della cognata, ricevette uno spintone, perse l'equilibrio e cadde all'indietro. Cercò di aggrapparsi a qualcosa ma, non trovando nulla, atterrò nel baule.

Le sue gambe vennero spinte dentro subito dopo.

«No!» Sadie si afferrò al bordo del baule per tirarsi fuori, ma lo sportello del bagagliaio veniva già spinto in basso. Ebbe meno di un secondo per ritirare le dita, prima che venissero schiacciate nella chiusura.

Si ritrovò nella completa oscurità.

Il suono ovattato della voce di Carla le giunse attraverso il metallo che la circondava. «Avvicinati e sparo nel bagagliaio. Giuro che la uccido subito.»

Il motore si mise in moto. Vennero sparati dei colpi, il veicolo andò indietro, ruotò, poi si mossero in avanti.

Nonostante l'occhio le facesse male e il tessuto attorno si stesse gonfiando, e i piedi quasi insensibili per il freddo, Sadie si rifiutava di arrendersi. Carla era una pessima tiratrice, quindi poteva sperare che avesse mancato Hank e Fin. Pregava che Hank restasse con Fin e si assicurasse che la sua ferita fosse sotto controllo, prima di fare qualsiasi cosa per cercare di salvarla.

La macchina di Carla correva veloce sulla via sterrata che portava fuori dal ranch, più veloce di quanto non fosse consigliabile, vista la pendenza. Rallentò appena, sussultò sulla grata di metallo che impediva il passaggio del bestiame all'uscita del ranch, quindi svoltò bruscamente con uno stridio sull'asfalto mentre imboccava la strada principale, dirigendosi però in direzione opposta a Eagle Rock.

Sadie cominciò a cercare a tentoni nell'interno scuro del bagagliaio. Sapeva che, nella maggior parte dei veicoli di nuova produzione, i sedili posteriori potevano essere ribaltati in modo da trasportare materiale ingombrante. Tastò con le dita quello che pensava fosse il sedile posteriore, alla ricerca di una leva o di un pulsante. Finalmente trovò un pulsante di plastica, lo premette ma non accadde nulla. Spinse con tutte le sue forze e metà dello schienale posteriore cadde in avanti, proprio nel momento in cui l'auto svoltò bruscamente e cominciò a rimbalzare su un'altra strada sterrata, facendola rotolare e sobbalzare nel bagagliaio. Facendo del suo meglio per tenersi, Sadie afferrò il lato del sedile ancora diritto e si trascinò attraverso l'apertura.

Guardò fuori dal finestrino e vide che la neve cadeva più fitta ora, riducendo molto la visibilità.

Al volante, Carla era tesa in avanti, gli occhi fissi sul parabrezza, dove i tergicristalli faticavano a tenere il passo con la bufera di neve. Carla era così concentrata sulla strada di fronte a lei che non si accorse di lei finché non allungò le braccia attorno al sedile e le bloccò il collo. «Ferma la macchina, Carla.»

Carla cacciò un urlo e pestò sui freni.

Sadie sbatté in avanti ma si tenne al sedile e riuscì con l'altro braccio a non mollare la presa su di lei.

Con una mano, Carla le artigliò il braccio. «Lasciami andare, o mando l'auto fuori strada e moriamo entrambe.»

«Non farlo, Carla. Nessuna delle due vuole morire. Ferma la macchina e parliamo.»

Invece, Carla premette il piede sull'acceleratore e la macchina schizzò in avanti. La strada che avevano davanti era poco più di un sentiero e si inerpicava tortuosamente sulle Crazy Mountains. «Preferisco morire che andare in prigione» esclamò, continuando ad accelerare.

La strada si fece ancora più stretta e sbucò all'aperto, con solo ripidi pendii ai due lati.

Sadie allentò la presa e le mise le mani sulle

spalle. «Ti prego, ferma la macchina. Possiamo parlarne.»

«No, non possiamo. Se devo morire, morirai con me.» Allungò la mano per prendere la pistola dal sedile del passeggero. Nel farlo, staccò gli occhi dalla strada, proprio nel momento in cui una curva apparve davanti a loro.

Sadie la vide, Carla no, non finché non fu troppo tardi.

L'auto volò fuori strada e giù lungo un ripido pendio. Carla lasciò il volante e si coprì il viso con le mani.

Sadie venne scaraventata nello spazio tra i sedili anteriori e posteriori e non riuscì a rialzarsi.

Come al rallentatore, il veicolo sobbalzò, scivolò e sbandò giù dalla collina.

Sadie chiuse gli occhi e si preparò all'impatto.

Il veicolo andò a sbattere contro qualcosa di duro, e le due file di sedili vennero ravvicinate. Sadie era intrappolata a terra, indolenzita e stordita.

Sentì lo scricchiolio del metallo, e il vento freddo che fischiava attraverso i finestrini frantumati.

Un basso gemito le giunse alle orecchie, e le ci volle qualche secondo a capire che era il suo. Mosse le dita dei piedi, le gambe e le braccia, cercò di capire se aveva qualcosa di rotto. Era viva, e per un attimo gioì.

Poi l'odore pungente della benzina le pizzicò le narici, e al sollievo si sostituì il terrore.

CAPITOLO 11

HANK FECE per seguire il veicolo di Carla, poi si fermò e tornò da Fin.

«Non preoccuparti per me» gli disse Fin con un cenno della mano. «Vai! Salva Sadie. Carla è fuori di testa, impossibile prevedere che cosa potrà farle.»

«Non posso lasciarti qui a morire dissanguato. Sadie non me lo perdonerebbe mai.»

Fin gli porse la camicia che Sadie aveva usato per fermare l'emorragia. «Allora usa questa.»

Con gesti rapidi e precisi, Hank gli bendò stretta la gamba con la camicia, poi lo aiutò a infilarsi la giaccia, ad alzarsi e, quasi trasportandolo di peso, a raggiungere il suo SUV a noleggio, dove lo sistemò sul sedile del passeggero.

Meno di due minuti dopo Carla, si lanciò giù per il viale, lasciandosi alle spalle la casa in fiamme.

Per fortuna, la neve che cadeva gli rendeva facile seguire la moglie pazza di Fin. Se la nevicata non peggiorava tanto da coprire le sue tracce, avevano buone speranze di raggiungerla.

«Mi spiace per tutto questo» esordì Fin. «Sapevo che era agli sgoccioli, ma credevo che, andando a trovare sua madre a Reno, sarebbe stata meglio.»

Hank cercò di non pensare a cosa sarebbe potuto succedere a Sadie. «La ami ancora?»

Fin aveva lo sguardo fisso davanti a sé, una mano sulla ferita alla gamba. «Non sono sicuro di averla mai amata. Non sono sicuro di sapere cosa sia l'amore. Qui in Montana, la scelta è davvero limitata. Carla mi piaceva, alle superiori, e andavamo d'accordo. Pensavo che avremmo fatto una buona squadra.» Scosse la testa. «Mi sbagliavo.»

«Giusto o sbagliato, dobbiamo trovarla prima che faccia del male a Sadie.»

La neve cadeva per traverso in grossi fiocchi, e aveva già coperto la strada che portava al ranch. Hank rallentò quando raggiunsero la grata che impediva il passaggio degli animali. Per un attimo, perse le tracce. Da che parte aveva girato Carla? Verso Eagle Rock o in direzione opposta?

Fin si sporse in avanti, lo sguardo oltre il parabrezza. «Là! Ha girato a destra!»

Hank superò la grata e svoltò sulla strada principale, allontanandosi dal paese. Le tracce nella neve stavano diventando più difficili da vedere. Accelerò, più di quanto non fosse sicuro, sulla strada scivolosa. Se non avesse trovato presto Sadie…

Allontanò quel pensiero. *L'avrebbe trovata* e non le sarebbe successo niente. L'avrebbe supplicata di stare con lui per sempre, anche se non avesse voluto sposarlo. Avrebbe preso le briciole, l'avrebbe seguita in capo al mondo, anche a Los Angeles dove lei pensava che lui non si sarebbe adattato. Poteva farle da guardia del corpo, anche se fino a quel momento aveva fatto un pessimo lavoro. Carla aveva fatto saltare in aria la sua casa, e Sadie sarebbe stata dentro, se non avessero sentito l'odore del gas in tempo. Fare l'amore con la cliente gli aveva fatto abbassare la guardia.

«Sto perdendo le tracce, e la vista mi si sta offuscando.» Fin si passò una mano sul viso. «Non sarò di grande aiuto se svengo.»

«Tieni duro, Fin. Ti porto all'ospedale non appena troviamo Sadie.»

«Non preoccuparti per me.» La voce di Fin si stava facendo confusa. «Trova mia sorella.»

«Pensi che Carla sia abbastanza disperata da svoltare in una delle stradine secondarie?»

«Forse. Ce n'è una che porta a un capanno di caccia.» Fin strizzò gli occhi e cercò di mettere a fuoco la strada. È poco più avanti, in corrispondenza di una curva.»

Hank rallentò. Se solo la neve si fosse fatta meno fitta, in modo da avere una visibilità oltre i tre metri.

«Dannazione!» Fin girò la testa. «Abbiamo appena superato la stradina. Credo di aver visto delle tracce nella neve.»

Hank frenò e il SUV slittò di lato, finendo quasi fuori strada. Rilasciando il pedale, raddrizzò il veicolo e lo fermò. Poi si girò nel sedile e ingranò la retro, tornando indietro di diversi metri.

«Là» disse Fin, indicando un punto nella neve. «Ti sembrano impronte di pneumatici?»

Hank annuì, serrò la mascella, ingranò la marcia e lasciò la strada principale, imboccando una stretta strada sterrata. Fiancheggiata su entrambi i lati da sempreverdi, gli alberi l'avevano in parte riparata, e lo strato di neve a terra era meno spesso, rendendo evidenti le tracce del passaggio dell'altra auto.

La speranza gli scaldò il petto, ma presto sparì man mano che la strada cominciò a salire tra le colline. Arrivarono a una curva all'aperto, con un pendio roccioso che si perdeva nell'oscurità. Grazie al cielo, le tracce continuavano, fino a un altro piccolo bosco di pini.

Mentre si stavano avvicinando a un'altra curva stretta, Hank pestò il piede sul freno e si fermò.

«Che succede?» Fin alzò la testa di scatto, pallido in volto, l'espressione segnata dal dolore. «Le vedi?»

Hank era impietrito, le briciole di speranza che aveva ancora avuto disintegrate. «Stai qui.» I segni degli pneumatici portavano fuori strada e giù per un pendio molto ripido.

Fin iniziò a slacciare la cintura di sicurezza. «Vengo con te.»

«Senti, sei ferito, e questo terreno è impervio. Tra la mia gamba malandata e la tua, non riuscirei a riportare su entrambi. Se non torno presto, mettiti al volante, torna a Eagle Rock e porta qui lo Sceriffo. E già che ci sei, chiama un'ambulanza.» Hank uscì nella neve.

«Hank!» urlò Fin.

Lui si fermò.

Fin si sporse e si tolse il giaccone. «Almeno prendi questo. Congelerai, se rimani fuori per parecchio tempo.»

Hank prese il giaccone di Fin, se lo infilò e si portò sul ciglio della strada.

Prima che potesse fare un passo giù per il declivio, un'esplosione squarciò il cielo facendolo cadere all'indietro. La botta sulla gamba per la caduta gli provocò fitte di dolore che gli tolsero il fiato.

Fiamme si levarono in cielo, il bagliore ancora più intenso sotto le nuvole basse.

Hank si rimise in piedi in preda al panico, col cuore in gola. *Sadie.*

Cosa diavolo era successo? Cominciò a scendere nella scarpata, zoppicando, il più velocemente possibile. Scivolando sulla neve e i sassi, arrivò in fondo, dove una palla di fuoco crepitava, emettendo un fumo nero e acre come un motore a vapore.

«Sadie! Santo Dio, Sadie!» gridò, correndo verso il veicolo. Il bagagliaio era chiuso, così come le due portiere che riusciva a vedere. Nessuno aveva lasciato l'auto da quel lato, e il fuoco gli impediva di avvicinarsi.

Ebbe un flashback di quando la sua squadra era stata colpita dalla granata. Il cuore gli batteva all'impazzata e non riusciva a respirare. Si lasciò cadere in ginocchio, ignorando il dolore alla gamba, e lacrime silenziose iniziarono a rigargli il viso. Il tenente Mike era morto, Swede si era salvato per miracolo. Ora a casa sua, proprio tra le bellissime Crazy Mountains del Montana, non era riuscito a salvare l'unica donna che avesse mai amato. Hank si nascose il viso tra le mani. «Oh, Sadie.»

Sentì una mano toccargli la spalla. «Hank.» La sua voce, come in un sogno. «Sto bene. Sono qui.»

Lui alzò lo sguardo, batté le palpebre per liberarsi dalle lacrime e fissò il viso sporco e bellissimo di Sadie. Schizzò in piedi e la prese tra le braccia, il dolore alla gamba dimenticato per la gioia di stringere la sua Sadie, il suo cuore, il suo amore.

Sadie si schiacciò contro di lui, tremante.

«Stai congelando.» Hank si tolse il giaccone e glielo avvolse intorno.

Sadie rise, battendo i denti. «Grazie, ma ora congelerai tu.»

«Non avrò mai più freddo.» Le baciò la fronte, la punta del naso, e finalmente la bocca, in un bacio che unì le loro anime.

Quando Sadie gli spinse le mani sul petto, Hank non riuscì a lasciarla andare. Aveva paura che, se l'avesse fatto, lei sarebbe sparita, e tutto si sarebbe rivelato un sogno.

«Hank, io sto bene, ma temo che per Carla non sia così. Sono riuscita a malapena a uscire dalla macchina, che ha preso fuoco.»

Hank la guardò perplesso. L'idea di aiutare la donna che aveva cercato di uccidere Sadie e Fin gli sembrava folle. Quando si calmò, capì che non poteva lasciarla lì a morire. «Mostrami dov'è.»

Sadie lo prese per mano e lo condusse dall'altro lato del veicolo, dove entrambe le portiere erano spalancate. «Che diavolo!» Sadie si guardò intorno. «Era qui.»

«Ma non morta come credevi tu.» Carla emerse dall'ombra, la pistola puntata contro Sadie, del sangue che le colava da un taglio sulla fronte. «Quell'incidente doveva ucciderti.»

«Carla, dammi la pistola.» Hank gli tese la mano.

«Te lo puoi scordare.» La mano tremava, ma era chiaro che non fosse pronta ad arrendersi. «Questa puttana deve morire.» Prese la mira.

Hank non poteva contare sul fatto che la mancasse di nuovo. Si gettò su di lei, colpendola in basso, come un linebacker. Caddero entrambi, e nell'impatto la pistola esplose un colpo.

Hank rimase immobile, in attesa del dolore lancinante di una ferita d'arma da fuoco. Quando capì di non essere stato ferito, si appoggiò sui gomiti e guardò Carla.

Il viso era pallido, nel chiarore dell'auto in fiamme. Le premette due dita sulla gola e sentì una pulsazione debole ma regolare.

Sadie si precipitò al suo fianco e si chinò su Carla. «È...»

«È viva.» Raccolse la pistola da terra e la porse a

Sadie. «Qualsiasi cosa succeda, non permetterle di toccarla.»

«Capito.» Sadie tolse il caricatore, poi rimosse anche il colpo in canna.

Hank si sedette sui talloni, la gamba che gridava per il dolore, il tessuto cicatriziale che tirava, minacciando di strapparsi. Passando le mani sotto Carla, la sollevò tra le braccia, quando avrebbe preferito aiutare Sadie.

Risalì piano il pendio, passo dopo faticoso passo, scivolando due volte. Non ce l'avrebbe fatta se non fosse stato per Sadie al suo fianco, pronta a sostenerlo quando rischiava di cadere.

Fin li aspettava sul ciglio della strada. «Carla?» Il suo sguardo incontrò quello di Sadie.

«È viva, anche se conciata male.»

Fin zoppicò fino alla portiera posteriore del SUV. «Stavo per andare in città a chiamare aiuto.» Si spostò per permettere a Hank di sistemare Carla sul sedile, poi entrò anche lui.

Hank chiuse lo sportello e aprì quello anteriore per Sadie.

Lei si fermò, si alzò sulle punte e lo baciò. «Abbiamo un sacco di cose di cui parlare.»

«È vero.» Hank le passò un braccio attorno alla vita e la tirò a sé, baciandola. «Prima, però, dobbiamo correre all'ospedale.»

Sadie sorrise e le si riempirono gli occhi di

lacrime. Si sistemò sul sedile e si allacciò la cintura di sicurezza.

Il vento gelido investì Hank all'improvviso, trapassando la sottile camicia che indossava e penetrandogli nelle ossa. Lui e Sadie dovevano parlare, ma che cosa voleva dirgli *lei*? Avrebbe di nuovo cercato di allontanarlo dalla sua vita?

Fece il giro dell'auto zoppicando, il dolore alla gamba di nuovo acuto. Strinse i denti e salì in macchina.

Si trattenne, per tutto il tragitto fino a Eagle Rock, non volendo iniziare quella conversazione finché tutti non erano stati soccorsi. Il miglior pronto soccorso che Eagle Rock aveva da offrire era quello dei soccorritori volontari dei pompieri. La città era troppo piccola per potersi permettere un centro traumatologico o un ospedale e, come scoprirono quando arrivarono nel posteggio della stazione dei vigili del fuoco, l'unico medico in città era in vacanza.

Carla e Fin vennero stabilizzati e caricati per essere trasportati all'ospedale di Bozeman. Hank scoprì che sua sorella Allie aveva sentito l'esplosione e notato una strana luce in cielo, sopra il White Oak Ranch. Quando nessuno al ranch aveva risposto, aveva chiamato i vigili del fuoco, che si stavano preparando ad andare a spegnere l'incendio. Diversi volontari erano già per strada. Hank si augurò che riuscissero a salvare le stalle e il fienile: la casa e tutto quello che vi era contenuto, ormai, erano andati perduti.

Mentre ascoltava il resoconto di quello che era successo da quando avevano lasciato il ranch, Sadie si appoggiò a Hank, lacrime silenziose che le scendevano lungo il viso. «Tutte le foto dei miei genitori. Le loro fedi nuziali. La sedia a dondolo di mia nonna...»

«Le cose possono essere sostituite, le persone no» le disse Hank, scostandole alcune ciocche dalle guance umide. «E niente può portarti via i tuoi ricordi.»

«Lo so» rispose Sadie abbozzando un sorriso. «Ma fa male lo stesso.»

Gli si strinse il cuore. Hank avrebbe tanto voluto poter cancellare il dolore di quella perdita.

Tornarono in macchina e seguirono l'ambulanza che stava portando Carla e Fin a Bozeman.

Al pronto soccorso, mentre i medici si occupavano di loro, Hank insistette perché qualcuno visitasse anche Sadie.

Allie arrivò mentre Hank era in attesa.

«Grazie al cielo stai bene.» Lo abbracciò, poi si ritrasse, esaminandolo da capo a piedi. «Che diavolo è successo?»

Lui le raccontò l'accaduto, lo sguardo che

andava alla porta del pronto soccorso ogni volta che si apriva.

«E Sadie? Pensi che questo la indurrà ad abbreviare la sua visita e tornare a Los Angeles?»

«Spero di no.» L'intensità dei momenti trascorsi insieme gli facevano sperare che Sadie non se ne sarebbe andata dal Montana senza di lui. Non ne aveva la certezza, però.

Finalmente Sadie apparve, sorridente. «A parte qualche livido, un paio di bernoccoli e un occhio nero, sto bene. Mentre aspettiamo che il dottore finisca con Fin, vorrei andare a vedere come sta tuo padre.»

«Rimango qui io ad aspettare Fin» propose Allie. «Dite a papà che sarò da lui tra poco. E speriamo che presto lo facciano uscire.»

Pochi minuti dopo, Hank e Sadie entrarono nella stanza di Lloyd Patterson.

Trovarono il padre di Hank seduto sul bordo del letto, che si abbottonava la camicia sopra il camice dell'ospedale.

Sadie andò subito da lui. «Signor Patterson, cosa sta facendo?»

«Me ne sto andando da questo dannato obitorio. Mezza contea è in fiamme, a casa, e io sono bloccato qui.»

«Se ne stanno occupando i vigili del fuoco» spiegò Hank. «E poi, tu come l'hai saputo?»

«Ho le mie fonti.» Prese la mano di Sadie. «Cosa è successo alla tua faccia, ragazza?»

Lei si toccò l'angolo dell'occhio. «Mi crederebbe se le dicessi che ho sbattuto contro lo stipite di una porta?» Sadie gli fece l'occhiolino e trasalì per il dolore.

«Certo che no.» Lui aggrottò la fronte, il suo tipico cipiglio più minaccioso del solito. «È stato mio figlio a ridurti così?»

Sadie scoppiò a ridere. «Assolutamente no.»

Hank allontanò Sadie dal padre, stringendola tra le braccia. «Non le farei mai del male.»

«Allora perché l'hai lasciata per entrare in Marina? Non ho mai visto una faccia più triste di quella di Sadie McClain, dopo che te ne sei andato.»

«Le chiesi di sposarmi, rispose di no.»

«Alle signore non piace fare le cose di fretta. Non sai proprio niente sulle donne.» Il padre scosse la testa in segno di disapprovazione. «Quando trovi una donna speciale come tua madre, non te la fai sfuggire. La corteggi e la convinci che la ami più della stessa vita.» Il piglio si addolcì mentre spostava lo sguardo di nuovo su Sadie. «Amavo la mia Maggie più di quanto non amassi respirare. Darei qualsiasi cosa per poterla riavere.» Sembrò afflosciarsi su sé stesso.

«Signor Patterson, deve sdraiarsi» gli disse Sadie con dolcezza. «Non può ancora alzarsi.»

Lui si lasciò aiutare a rimettersi a letto. «Non esisteva nessuno come la mia Maggie.»

«Me la ricordo bene. Era sempre allegra e felice.» Sadie gli sistemò meglio il lenzuolo e gli diede un bacio sulla guancia.

«Non si arrabbiava mai con nessuno, neanche con me, e non ero un santo.»

Hank fece uno sbuffo sarcastico. Suo padre era arrabbiato col mondo da così tanto tempo, che non ricordava un tempo in cui non lo fosse stato.

Lloyd appoggiò una mano sul viso di Sadie e lo guardò. «Cerca di sistemare le cose con Sadie. Lei ti ama, e tu ami lei. Non posso ancora credere che tu te la sia fatta scappare.»

Hank ricordava perfettamente come si era sentito il giorno in cui lei aveva rifiutato la sua proposta di matrimonio. Quel dolore non l'aveva mai abbandonato.

«Non è andata così: sono stato io ad allontanarlo» gli spiegò Sadie. «Hank doveva seguire i suoi sogni. Voleva entrare in Marina e diventare un SEAL. Se ci fossimo sposati subito dopo il diploma, non lo avrebbe mai fatto.»

«Sarebbe rimasto qui in Montana, dov'era il suo posto, a occuparsi del ranch come i suoi antenati.»

Hank fece per dire qualcosa, ma Sadie lo precedette.

«Doveva andare via, fare tutte quelle cose che aveva sognato di fare. Solo così poteva capire quale fosse il suo posto nel mondo.» Si voltò verso di lui. «Così oggi può decidere dove vuole stare, e con chi.»

«Non mi sembra il luogo adatto per continuare questa conversazione.» Hank le passò un braccio attorno alla vita. «Papà, amo questa donna e farei qualsiasi cosa per lei, ma ho bisogno di parlarle in privato.»

Suo padre alzò le mani. «Non vi trattengo.» Puntò il dito verso di lui. «Ma non rovinare tutto, questa volta. Non lasciartela scappare di nuovo.»

Per la prima volta da quando ricordasse, era d'accordo con suo padre. Condusse Sadie fuori dalla stanza e lungo il corridoio, finché non trovarono una stanza vuota. Appena entrati, Hank chiuse la porta alle loro spalle.

Sadie trattenne un sorriso. «Dobbiamo smetterla di incontrarci così.»

Hank le appoggiò una mano sulla guancia. «Se è l'unico posto dove posso parlarti da solo, senza case che esplodono, me lo faccio andare bene.» Le sfiorò il livido accanto all'occhio con il pollice. «Ti fa tanto male?»

«Solo qui» rispose lei, mettendosi una mano sul

petto. «Quando ero nel bagagliaio dell'auto di Carla, ho pensato che non ti avrei mai più rivisto.»

Hank mise la mano sulla sua. «Sadie, tesoro, forse non avrò un posto nella tua vita a Los Angeles, ma sappi che ti seguirei in capo al mondo, per stare con te.»

Gli occhi di Sadie si riempirono di lacrime. «Tu appartieni al tuo team nei SEALs. Non posso strapparti dalla vita che ami.»

«L'unica cosa alla quale non voglio rinunciare sei tu.» Hank la tirò a sé, facendo aderire il corpo di lei al suo. «Se l'unica cosa che vuoi da me è che ti faccia da guardia del corpo, lo farò.»

«Non voglio che tu rinunci alla tua vita nei SEALs per adeguarti alla mia.»

Hank le poggiò un dito sulle labbra. «Lascio la Marina.»

Sadie spalancò gli occhi per la sorpresa. «Ma Hank, tu ami quello che fai.»

Lui le posò un bacio sulle labbra, poi si ritrasse. «Io amo te.»

Le lacrime ora scendevano senza sosta. «Io non ho mai smesso di amarti.»

«Allora perché non possiamo stare insieme?»

Lei alzò le mani. «Non lo so.»

Lui le baciò la punta del naso. «Ti dimostrerò che posso adattarmi alla tua vita in California.»

«Non voglio più vivere a Los Angeles. Voglio

vivere qui.» Fece un grosso respiro e sorrise. «Posso fare solo un film all'anno, o magari smettere del tutto. Non ho bisogno di soldi, ne ho più di quanti mi servano.» Appoggiò la guancia sul petto di Hank. «Voglio stare con te.»

Hank le accarezzò i capelli, soffici come la seta. «Non mi farò mantenere.»

Sadie rise. «Non lo faresti mai.» Alzò lo sguardo su di lui. «Tornerai a lavorare nel ranch con tuo padre?»

Lui scosse la testa. «Magari gli darò una mano ogni tanto, ma ho pensato che potrei aprire un'attività mia.»

«Per fare cosa?» Gli appoggiò una mano sul petto.

«Voglio creare un'agenzia che offra servizi di protezione e sicurezza ai privati. Assumerò ex-militari che hanno bisogno di un impiego. In questo modo, ottengo due risultati: aiuteremo delle persone che ne hanno bisogno, e dei bravi uomini che hanno combattuto e sono altamente qualificati in quello che fanno avranno una professione onorevole dopo il servizio militare.»

«Mi piace.» Sadie gli mise le braccia intorno al collo e si alzò in punta dei piedi per baciargli le labbra. «Come si chiamerà questa agenzia?»

«Brotherhood Protectors.»

«Mmm, mi sembra che tu abbia pensato a

tutto.» Gli prese il viso tra le mani. «Che mi dici di noi?»

«Mi manca solo una cosa da fare.» Hank fece un passo indietro.

Lei inclinò la testa di lato. «Che cosa?»

Hank si inginocchiò sulla gamba buona, e il ginocchio ferito gli fece male anche solo a trovarsi così piegato, ma non importava. La donna che amava era davanti a lui, e gli aveva appena confessato di amarlo. C'era solo un'altra cosa che poteva fare per rendere quella giornata ancora migliore.

«Sadie McClain, amore della mia vita, per la seconda volta ti chiedo: vuoi sposarmi?»

Sadie si mise in ginocchio davanti a Hank, prendendogli le mani. «Hank Patterson, ti amo. Non ho mai smesso.» Premette un bacio sul palmo di lui.

«Ho capito che mi ami, ma non hai risposto alla mia domanda.» Hank la fece alzare e l'attirò tra le sue braccia. «Vuoi sposarmi?»

«Sì! Sì! Sì!»

Hank la baciò, tenendola stretta contro di sé. Non aveva più intenzione di lasciarla andare. Alla fine aveva trovato il suo posto nel mondo. In Montana, a casa sua, tra le braccia di Sadie McClain.

EPILOGO

SETTE MESI DOPO...

«SEI SODDISFATTA DEL RISULTATO FINALE?»

Hank era in piedi in mezzo al soggiorno della casa che lui e la signora Sadie McClain Patterson avrebbero condiviso per il resto della loro vita.

Con un sospiro, sua moglie gli si accoccolò contro il fianco. «È incredibile. Avevi ragione sulle travi a vista. Rendono l'ambiente rustico, perfetto per una casa in Montana.»

«E tu avevi ragione a proposito delle finestre. L'ambiente sarà difficile da riscaldare in inverno, ma il panorama sulle Crazy Mountains è imbattibile.»

«Sono contenta che tu abbia la stessa vista dal

tuo ufficio» osservò Sadie. «Non è la Marina, e non sei circondato dalla tua unità, ma avrai me.»

Hank sorrise. «Quella è la parte migliore. Mi mancano i miei fratelli, ma non potevo rimanere nei SEALs per tutta la vita. Sono pronto a voltare pagina.»

«Brotherhood Protectors.» Sadie gli strinse la mano. «Mi piace il nome della tua agenzia.»

«La casa non avrebbe potuto essere pronta in un momento migliore. Swede è in arrivo. È il primo *protector* ex-militare che si unisce all'agenzia. Altri due stanno aspettando che arrivi il momento del riarruolamento per lasciare le forze armate. Nel giro di un anno, mi aspetto di averne altri tre.»

«Hai già un cliente per Swede?»

Hank annuì. «In effetti ce l'ho.»

Sadie si voltò verso di lui, sorpresa. «Di già? Hai appena cominciato a spargere la voce.»

«Il fidanzato di Allie vuole assumerci per proteggerla e assicurarsi che arrivi al matrimonio senza problemi.»

Sadie aggrottò la fronte, facendogli venir voglia di darle un bacio proprio in quel punto. «Allie è in pericolo in qualche modo?»

«Pare che il suo fidanzato sia molto ricco e ha paura che qualcuno cerchi di rapirla. Lui sarà via per qualche giorno, prima della cerimonia, e voleva qualcuno che la tenesse d'occhio. Mi ero offerto di farlo io gratis, ma lui ha insistito per pagare una guardia del corpo.»

«In fondo è un gesto romantico. Dev'essere molto innamorato.» Sadie appoggiò il viso sul petto di Hank. «Non mi sembra vero che la piccola Allie stia per sposarsi.»

«La piccola Allie ha ventisei anni, quasi ventisette» le ricordò Hank. «Ma hai ragione. Io l'ho incontrato di sfuggita. Non sono sicuro che si tratti dell'uomo giusto per mia sorella.»

«Nessuno sarà mai giusto per lei, è la tua sorellina» commentò Sadie ridendo. «Il suo fidanzamento subito dopo il nostro mi ha davvero sorpreso. Non sapevo che stessero facendo così sul serio.»

«Sembra che lui volesse portare la relazione al livello successivo, e ha i soldi per farlo in fretta. Un po' troppo in fretta, per i miei gusti.»

Sadie inarcò le sopracciglia. «Lui le ha chiesto di sposarlo sei mesi fa, non lo definirei fare le cose in fretta. Noi siamo stati fidanzati un totale di ben sette giorni, prima di sposarci.»

«Tesoro, non potevo aspettare troppo.» Hank le mise una ciocca di capelli dietro l'orecchio. «Avresti potuto cambiare idea. Quel viaggio a Reno la settimana dopo è arrivato al momento giusto.»

«Anche la firma del contratto del nuovo film è arrivata al momento giusto.» Sadie indicò l'ambiente intorno a loro con il braccio. «Ha dato all'impresa il tempo di costruire la nostra bellissima nuova casa.»

«Sei stata una vera professionista, durante quelle riprese.» Hank era stato sul set con lei ogni giorno. Era così orgoglioso di lei, non riusciva ancora a credere che Sadie lo avesse sposato. «Sono contento che non dovrai ripartire fino al prossimo anno, e che potrò seguirti ovunque tu vada.»

«Ho bisogno del mio affascinante *protector.*» Si alzò sulla punta dei piedi per baciarlo.

Hank ricambiò il bacio, le fece scivolare le mani dalla vita fino alle natiche, quindi la sollevò, incoraggiandola ad avvolgergli le gambe attorno ai fianchi. Quando si staccò dalle sue labbra rise, il cuore così gonfio di amore per quella donna che sembrava volergli uscire dal petto. «Questa stanza ha solo bisogno di una cosa.»

Sadie gli prese il viso tra le mani e gli baciò le palpebre, il naso e la bocca. «Che cosa?»

«Una mezza dozzina di bambini» rispose piano. «Ma solo quando sarai pronta» si affrettò ad aggiungere. «Voglio che tu insegua i tuoi sogni, finché ti fanno felice.»

«Dici che tra otto mesi sarà il momento giusto, per iniziare con quel branco di figli che descrivi?»

«Certo, posso aspettare otto mesi prima di iniziare a provare.» Il pensiero che Sadie volesse diventare madre nonostante i suoi impegni nel mondo del cinema e la sua fama lo indusse a pronunciare una silenziosa preghiera di ringraziamento.

Lei scosse la testa. «Non per iniziare a provarci: per accogliere un piccolo Patterson nella nostra nuova casa.»

Hank faticava a capire. Ci volevano più di otto mesi per avere un bambino. «Cosa vuoi dire?»

Sadie ridacchiò, con gli occhi pieni di lacrime. «Sono incinta.»

Il cuore gli mancò un paio di colpi, poi riprese a galoppare come un matto. «Sei sicura?»

Sadie annuì. «Posso farti vedere il test di gravidanza, se vuoi.»

«È permesso? Disturbo?» Una profonda voce maschile risuonò nell'ingresso, e Swede apparve in soggiorno. «Ho bussato un paio di volte, ma non ha risposto nessuno. Adesso capisco perché.»

Hank mise a terra Sadie, ma le tenne le mani sulla vita e la guardò negli occhi, notando che era arrossita. «Diventerò papà?»

Sadie annuì un'altra volta. «Sì.»

«Be', amico, vedo che ti sei dato da fare!» Swede attraversò il soggiorno e abbracciò Hank con una stretta da togliergli il fiato. Poi Swede tese la mano verso Sadie. «Congratulazioni, signora.»

«Oh, Swede» Sadie gli prese la mano e lo attirò

in un abbraccio. «Niente formalismi. Sento praticamente di conoscerti, dopo tutti i racconti di Hank su di te e il resto del team.»

Swede ricambio l'abbraccio con delicatezza. «Non avrei mai pensato che Montana si sistemasse e avesse dei figli.» Scosse la testa con un grosso sorriso. «Ha dell'incredibile, cazzo!»

Sadie rise. «Cosa c'è di tanto incredibile?»

«Non lo so. Forse che uno di noi abbia avuto il coraggio di farsi una vita, con tanto di moglie e figli.»

Sadie toccò il braccio di Swede. «Non è mai troppo tardi per farsi una vita, caro mio.»

Swede alzò le mani. «Oh, no, io non sto cercando moglie.»

«Credimi» gli disse Hank, «non ci pensavo neanch'io. Ma quando incontrerai la persona giusta, non avrai più dubbi.»

«Con la fortuna che ho, mi prenderà a schiaffi e mi caccerà a calci.» Swede scosse la testa. «No, sono qui per lavorare e vivere tranquillo in Montana. Non ho fretta di trovare l'anima gemella.»

Hank gli diede una pacca sulla schiena. «In questo caso, sei l'uomo giusto per il nostro primo incarico.»

Swede si strofinò le mani. «Sono pronto. Dimmi di cosa si tratta.»

Qualcuno bussò alla porta di casa.

«Non di cosa, ma di chi.» Hank si voltò verso l'ingresso. «Entra pure!»

«Hank, che cos'è questa storia della guardia del corpo?» Allie irruppe in soggiorno con espressione battagliera, poi però si fermò estasiata ad ammirare le Crazy Mountains. «Wow, non ero ancora stata qui, da quando vi siete trasferiti. Questo posto è meraviglioso.»

«Siamo contenti che ti piaccia.» Sadie andò ad abbracciare la cognata. «Ora dimmi perché pensi di non avere bisogno di protezione.»

Allie incrociò le braccia al petto. «Mi sembra eccessivo.»

«La rottura dei freni della macchina non è un episodio da sottovalutare» le fece notare Hank.

Lei raddrizzò le spalle. «Devo solo stare più attenta. Tutto qui.»

Giocandosi la carta del fratello maggiore, Hank si erse in tutta la sua statura e la guardò dall'alto in basso. «Ormai è deciso, quindi è inutile stare a discuterne.»

«Non sono una bambina» replicò lei con un'occhiataccia. «Non ho bisogno di una babysitter.»

«No, ma ti serve una guardia del corpo. Allie, ti presento Axel Svenson, Swede, come tutti lo chiamiamo, un amico che faceva parte del mio team.»

Hank spostò lo sguardo dall'ex compagno di

squadra, grande e grosso, alla sorella, che li stava incenerendo entrambi con lo sguardo.

E pensò che vedere l'ex SEAL avere a che fare con la sua combattiva sorellina sarebbe stato davvero interessante.

IL PROSSIMO VOLUME della serie *Brotherhood Protectors*, ***Bride Protector Seal – La Guardia del Corpo e la Futura Sposa***, uscirà il 24 aprile 2023 ed è già in preorder su Amazon.

Bride Protector Seal – La Guardia del Corpo e la Futura Sposa

VOLTA pagina se vuoi leggere il primo capitolo della storia che ha come protagonisti Allie Patterson e Axel Svenson.

BRIDE PROTECTOR SEAL

LA GUARDIA DEL CORPO E LA FUTURA SPOSA

SERIE BROTHERHOOD PROTECTORS (ITALIANO)

LIBRO SECONDO

ELLE JAMES

Autrice Bestseller

New York Times e *USA Today*

Traduzione di Georgia Renosto
e Monica Lombardi

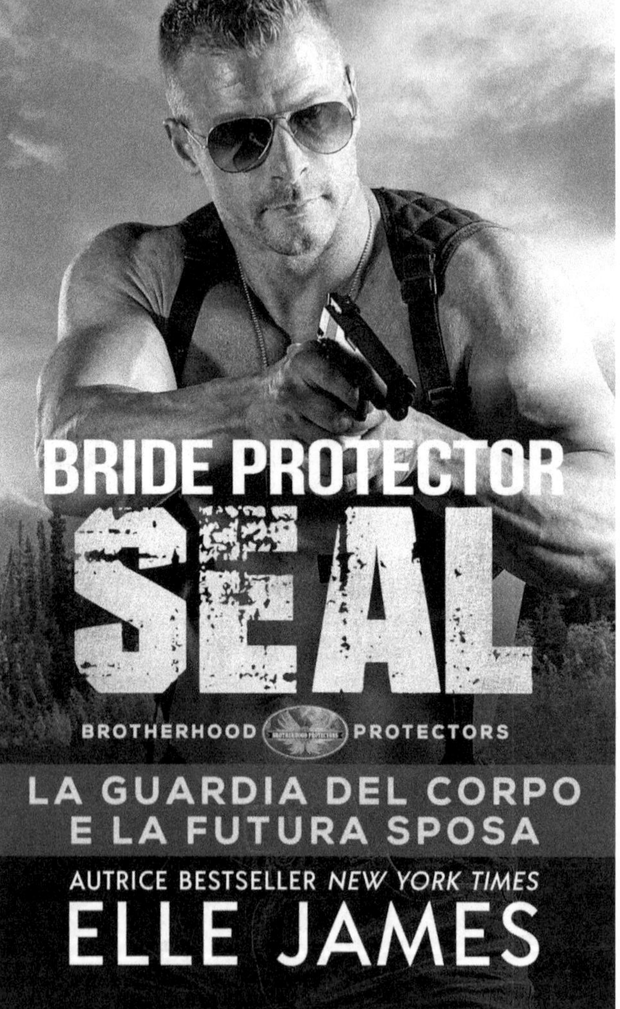
BRIDE PROTECTOR
SEAL
BROTHERHOOD PROTECTORS
LA GUARDIA DEL CORPO
E LA FUTURA SPOSA
AUTRICE BESTSELLER NEW YORK TIMES
ELLE JAMES

CAPITOLO UNO

Axel Svenson, o Swede, come preferiva essere chiamato, chiuse e riaprì la mano destra un paio di volte prima di porgerla per salutare. Tendere la sinistra sarebbe stato più sconcertante delle cicatrici che aveva sulla destra. «Piacere di conoscerla, signora.»

«Puoi chiamarmi Allie, signora mi fa sentire vecchia.» Alyssa Patterson gli strinse la mano senza scomporsi. «Senza offesa, ma non posso dire di essere altrettanto entusiasta di conoscerti. Non ho bisogno di una guardia del corpo, nonostante mio fratello sostenga il contrario.»

«Invece ne hai bisogno» ribadì Hank 'Montana' Patterson.

Era il suo primo giorno con i Brotherhood Protectors e la sua cliente non voleva i suoi servizi:

non era esattamente come Swede si era immaginato il suo primo incarico. Da come Montana aveva descritto il lavoro, Swede si era aspettato di venire assegnato a qualche ricco indifeso, o indifesa, che avesse bisogno di essere accompagnato in giro, e che lui avrebbe dovuto solo starsene lì, grosso e minaccioso. Grazie alla cicatrice sulla faccia, era sicuro di riuscire a intimidire la maggior parte della gente.

Invece, Montana gli aveva chiesto di proteggere la sorella minore, che non era per niente felice dell'idea.

«Se tua sorella non vuole una guardia del corpo, perché costringerla?»

La domanda gli guadagnò un'occhiata perplessa da parte di Allie. «Aspetta: sei dalla mia parte?»

Swede fece spallucce. «Sei una donna adulta. Se pensi di non aver bisogno di una guardia del corpo, non vedo perché dovresti averne una.»

Allie si voltò verso il fratello e sorrise. «Questo tizio potrebbe anche piacermi, sai?»

Sadie, la moglie di Montana, si mise a ridere.

«Tuttavia,» riprese Swede, «credo che dovresti accontentare tuo fratello. Sei la sua prima cliente, e lui aspetta il suo primo figlio.»

«Cosa?» Allie lanciò un gridolino di gioia e si voltò verso Sadie. «È vero?»

Sadie fece segno di sì. «Tra otto mesi.»

«Oh, mio Dio.» Allie si portò una mano alla bocca mentre gli occhi le si riempivano di lacrime. «Diventerò zia.»

«Non se rifiuti l'aiuto di Swede.» Hank catturò la sorella con un braccio attorno al collo e le sfregò la testa con le nocche. «Per favore, piccola Allie, lascia che Swede ti protegga. È davvero in gamba. Inoltre, voglio che tu sia ancora con noi, quando nascerà tuo nipote.»

«O mia nipote. Io sto bene» insistette Allie. «Ma se proprio ti fa stare più tranquillo, lascerò che il tuo amico mi faccia da guardia del corpo.» Lanciò un'occhiataccia a Swede. «Ma dovrai starmi dietro. Ho gli ultimi preparativi per il matrimonio, e mi divido tra il Bear Creek Ranch e il Double Diamond. Non rallenterò per aspettare qualcuno che non sa nulla della vita di un ranch.»

«Tranquilla, non ti rallenterò.» Swede corrugò la fronte. «Che cosa intendi esattamente per la vita di un ranch?»

Allie alzò gli occhi al cielo e si voltò verso suo fratello. «Fammi indovinare: non è mai stato in un ranch e non sa da che parte montare un cavallo»

Swede non aveva intenzione di fare la figura dell'incompetente. Raddrizzò la schiena in modo da mostrare tutto il suo metro e novantatré di statura. «Forse non sono mai stato in un ranch, ma sono bravo con le armi, imparo in fretta, sono agile e un ottimo osservatore.»

Allie aprì la bocca per parlare, ma Swede le appoggiò un dito sulle labbra.

«Lascia che te lo dimostri.» Swede la esaminò con occhio critico, come lei aveva fatto con lui poco prima. «Arrivi direttamente dalle stalle che hai menzionato, perché puzzi di letame, e ne hai portato un po' in casa con la suola delle scarpe. Questa mattina non hai avuto tempo di spazzolarti i capelli, immagino perché sei dovuta andare a occuparti degli animali. Ti tremano le mani, forse perché bevi troppo caffè. Le occhiaie mi dicono che non dormi bene da giorni, per i motivi che hai appena citato, oltre al fatto che sei preoccupata che tuo fratello possa avere ragione: temi di essere davvero in pericolo.» Swede incrociò le braccia al petto come aveva fatto Allie. «Ho dimenticato qualcosa?»

«Fantastico. È pure saccente.» Allie incenerì il fratello con lo sguardo.

Montana alzò le mani in un segno di resa. «Ehi, non guardare me. Prenditela con il tuo futuro marito: è lui che pensa che tu abbia bisogno di protezione. Forse se tu avessi deciso di sposare uno di queste parti, invece che un riccone che si è appena comprato un ranch in Montana perché se lo poteva permettere, l'unico pericolo che correresti sarebbe quello di essere disarcionata da cavallo.»

«Ma ti senti?» chiese Allie. «Parli come nostro padre.»

Montana si accigliò e serrò la mascella.

Sadie gli mise una mano sul braccio. «Tesoro, Allie ha il diritto di scegliere la persona con la quale desidera passare il resto della sua vita. Lascia che lei e Damien si chiariscano sulla questione della guardia del corpo. Lui pensa che sia necessaria, saprà di certo spiegarle meglio le sue preoccupazioni.»

Montana fece scivolare un braccio intorno alla vita di Sadie. «Hai ragione. Scusami, Allie. Puoi sposare qualsiasi ricco idiota tu voglia. Questo non significa che la cosa debba piacermi, e sono libero di dirtelo. Ma, se è quello che vuoi, non ti metterò i bastoni tra le ruote.»

«Ci puoi scommettere» puntualizzò lei.

«Lascia almeno che Swede venga con te. Se Damien è deciso ad assumere una guardia del corpo, forse riuscirà a convincerti.» Montana aprì le braccia. «Sai che ti voglio bene, piccola. Desidero solo il meglio per te.»

Allie fece un respiro profondo, si avvicinò al fratello e si lasciò abbracciare. «Immagino tu stia solo facendo il fratello maggiore.»

«Sì. E come tale, ti dirò sempre come la penso.»

Montana la annusò. «Swede ha ragione. Puzzi davvero di letame.»

Allie gli diede un pugno nello stomaco. «Grazie. Ti voglio bene anch'io.» Abbracciò sua cognata e le accarezzò la pancia. «Prenditi cura della mia nipotina.»

Sadie si posò una mano sul ventre piatto. «Lo farò.» Strinse Allie in un abbraccio. «Lascia che Swede si prenda cura di te. Vogliamo che la zia Allie sia con noi, al momento della nascita.»

«Ci sarò. Starò anche per sposare un uomo ricco che viaggia in tutto il mondo, ma la mia vita è qui in Montana.»

Sadie le toccò il braccio. «Non dimenticarti che dopodomani abbiamo l'ultima prova dell'abito.»

Allie sospirò. «Non so perché fossero necessarie quelle modifiche. Mi stava giusto.»

«Era largo in vita e troppo corto» le ricordò Sadie. «E no: non puoi indossarlo con i tuoi stivali da cowboy preferiti.»

«Perché?» protestò Allie. «Nessuno mi vedrà i piedi.»

«Perché puzzerebbero di stalla come quelli che indossi adesso.» Montana la fece voltare. «Vai a parlare con Damien prima di tornare al ranch.»

Quel battibeccare tra fratelli mise un po' di tristezza addosso a Swede. Montana era fortunato. Aveva una moglie, un figlio in arrivo, la sorella e il padre. Per Swede, uno degli aspetti più difficili del congedo dalla Marina era stato perdere l'unica famiglia che aveva: il suo SEAL team. I soldati che aveva conosciuto all'ospedale militare avevano familiari che venivano a trovarli. Lui no.

La riabilitazione dopo l'incidente sarebbe stata ancora più difficile se al suo fianco non ci fossero stati il pastore australiano che aveva adottato al canile e l'operatore Delta Force che aveva incontrato durante la fisioterapia. Bear Parker era nella sua stessa situazione: non aveva una casa dove tornare e non aveva una famiglia che stava aspettando il suo ritorno. Erano usciti qualche volta a bersi una birra, dopo le sessioni di fisioterapia. Si ricordò cosa si era ripromesso di fare, e lo avrebbe fatto subito, prima di seguire Allie.

«Montana, quando ti entrerà altro lavoro, conosco un tizio che potrebbe fare al caso tuo.»

«Sì?» L'amico lo guardò interessato. «Dimmi.»

«Non è un SEAL, era Delta Force.»

«Potrei avere l'incarico per lui. È già disponibile, o dobbiamo aspettare che finisca il periodo di ferma?»

«Disponibile da subito. L'ho incontrato a Bethesda durante la convalescenza. Sono sicuro che sarebbe interessato.»

«Passami i suoi dettagli, così posso mettermi in contatto.»

«E Montana, grazie per l'opportunità.» Swede gli tese la mano.

Montana la prese e lo attirò in un abbraccio fraterno. «Siamo tutti nella stessa barca.»

Swede ricambiò l'abbraccio. «SEAL una volta, SEAL per sempre.»

«Esatto. Dobbiamo solo capire qual è il nostro posto nel mondo, ora che non combattiamo più guerre in Paesi stranieri.»

«Se hai intenzione di andare con Allie, è meglio che ti sbrighi» osservò Sadie. «È salita in macchina e si sta già avviando sul viale.»

Swede lasciò di corsa la stanza, avvertendo solo una piccola fitta alla coscia che era stata ferita nello scoppio della granata. Si affrettò a raggiungere il suo pick-up, parcheggiato di fronte alla casa. Ruger gli abbaiò un saluto, e si spostò dal posto di guida.

«Bravo ragazzo.» Avviò il motore, fece manovra e partì, con le gomme che schizzavano ghiaia.

Allie era furiosa che Damien non avesse parlato con lei, prima di rivolgersi al fratello per una guardia del corpo. Aveva detto più volte al suo fidanzato che era una donna indipendente che amava fare le cose a modo suo. Se non gli andava bene, non avrebbe dovuto iniziare una relazione con lei, né chiederle di sposarlo. Non aveva intenzione di cambiare per nessun uomo.

Un'occhiata nello specchietto retrovisore le strappò un sorriso. Era andata via senza aspettare Swede. Se voleva farle da guardia del corpo, avrebbe dovuto fare di meglio, per starle dietro. Non la raggiunse finché non rallentò per svoltare sulla strada principale.

Sapeva che stava guidando come una pazza, correndo come se stesse cercando di seminarlo. Forse era proprio così. Avere qualcuno alle calcagna come se avesse bisogno di una babysitter non era stata una sua idea. Perché rendergli le cose facili?

Swede, però, non mollava tanto facilmente. Le stava appresso nonostante Allie stesse superando i limiti di velocità.

Oltrepassarono il cancello del Bear Creek Ranch, la casa dove abitava con suo padre. Allie non rallentò fino a quando non raggiunse l'orrendo gigantesco arco in pietra e legno di cedro con la scritta Double Diamond Ranch. A differenza della maggior parte dei vialetti d'entrata in ghiaia dei ranch del Montana, la strada che portava al Double Diamond era asfaltata fino all'ingresso dell'enorme villa che sorgeva in cima a una collinetta.

Damien l'aveva acquistata da una star del cinema che, stancatasi dei rigidi inverni, era tornata nella soleggiata California. Il viale che conduceva alla villa era fiancheggiato da recinzioni curate in legno bianco e da due file di alberi piantati a distanza regolare. I cavalli erano liberi nei pascoli della tenuta, quando non venivano accuditi in una magnifica stalla con dodici box, una splendida selleria e un ufficio per il sovrintendente.

Allie aveva un rapporto di amore e odio con il Double Diamond Ranch. Amava ciò che i soldi potevano comprare, ma odiava lo sperpero di denaro per cose che non erano necessarie per mandare avanti in maniera efficiente un ranch nel Montana. Quello, però, non era un ranch operativo, bensì una dimora da gentiluomo dove si cavalcava per fare esercizio fisico e per divertimento, non certo per allevare e gestire il bestiame.

Dopo il matrimonio con Damien, sperava di cambiare le cose. Non era il tipo di donna che se ne stava seduta a spiluccare caramelle, con i servitori pronti ad accorrere per qualsiasi sua necessità. Che schifo! Le venne l'amaro in bocca al solo pensiero, ed ebbe la tentazione di sputare per liberarsene.

Allie si fermò davanti alla villa e scese dal fuoristrada. Senza aspettare Swede, si diresse a grandi passi alla porta principale e bussò con colpi decisi, mettendo tutta la sua rabbia in quei pugni.

Sentì dei passi dietro di lei. La guardia del corpo stava diventando veloce. Maledizione!

Un uomo in uniforme da maggiordomo le aprì la porta. «Ah, signorina Patterson. Il signor

Reynolds è nelle scuderie. Vuole entrare e aspettarlo in casa?»

«No, grazie Miles. Vado io da lui.» Si voltò e andò a sbattere contro Swede. Al suo fianco aveva un Australian shepherd blue merle con gli occhi azzurri ghiaccio molto simili a quelli del suo padrone. «Perché mi stai addosso?»

Swede si fece da parte con un ironico gesto teatrale. «Magari se guardassi dove vai, prima di buttarti a capofitto, non avresti problemi sul dove mi trovo.»

Allie sbuffò. «Lui è il tuo aiutante?»

«Si potrebbe dire così. Si chiama Ruger.»

Allie sentì la rabbia placarsi e si abbassò per grattarlo dietro le orecchie. Aveva un debole per i cani, specialmente per quelli da lavoro, anche se dubitava che quell'esemplare lo fosse.

Ruger si appoggiò alla sua gamba, agitando la coda e facendola sbattere contro il gradino.

Allie avrebbe potuto perdersi, in occhi così azzurri. Irrigidì la mascella, si raddrizzò e lanciò un'occhiataccia a Swede. «Non intralciarmi e basta, okay?» Lo aggirò e si incamminò a passi veloci attraverso il prato ben curato in direzione della stalla. «Damien!» chiamò. «Ho bisogno di parlarti.»

Il suo fidanzato sbucò da dietro l'angolo più distante dell'edificio. Indossava un paio di pantaloni color kaki appena stirati, una polo scura e una giacca di pelle nera. La guardò con espressione perplessa. «Alyssa, cosa ci fai qui?»

Non 'Alyssa, tesoro, sono così felice che tu sia venuta a trovarmi'. La luna di miele era finita prima ancora di iniziare? Senza nemmeno essere andati a letto insieme? Quello era un altro argomento del quale doveva parlare con Damien, non appena avessero avuto un po' di privacy. Perché non erano ancora arrivati fino in fondo? La stronzata dell'aspettare fino al matrimonio era un concetto antiquato. E se lui fosse stato un pessimo amante? Oppure, peggio ancora, se lei non avesse funzionato, a letto con lui? Non era più vergine, certo, ma era da un bel po' che non faceva sesso con qualcuno.

Frustrata da tutto quello che doveva fare prima del matrimonio, con l'aggiunta di dover accettare un'ombra che la seguiva ovunque, si lanciò all'attacco. «Cos'è questa storia che assoldi una guardia del corpo per me senza prima parlarmene?»

Damien diede un'occhiata alle sue spalle, nella direzione dalla quale era venuto. «Tesoro, credo sia la cosa migliore. Sembra che io mi sia fatto qualche nemico, durante la scalata al successo, e c'è chi vorrebbe derubarmi della mia fortuna.»

«Che tipo di nemici?» s'informò Swede, portandosi al fianco di Allie e porgendo la mano a

Damien. «Sono la guardia del corpo che ha assunto. Axel Svenson. Quasi tutti mi chiamano Swede.»

Allie incrociò le braccia al petto mentre i due uomini si stringevano la mano.

«Damien Reynolds, piacere di conoscerla. Lasci che le mostri l'ultimo degli episodi che spiegano la mia preoccupazione.» Prese Allie sotto il gomito, si voltò, e girò l'angolo che portava sul lato della stalla. Si fermò e indicò la parete, dove alcune parole erano state tracciate con una bomboletta spray rossa.

SE PRENDI CIÒ CHE È MIO

PRENDERÒ CIÒ CHE È TUO

Allie si sentì gelare per come la vernice rossa assomigliava al sangue, con rivoli che colavano dalle lettere sul muro della stalla. Rabbrividì, poi cercò di riprendersi. «Damien, è solo vernice.»

Lui serrò le labbra in una linea sottile. «È una minaccia. Vogliono impossessarsi di quello che ho accumulato, ma potrebbero prendersela anche con le persone a cui tengo.»

Swede si voltò verso Allie. «Tuo fratello non ha detto qualcosa sulla manomissione dei freni della tua auto?»

Damien si accigliò. «Ti sono successe altre cose, da allora?»

Allie lanciò un'occhiataccia a Swede. «No. E

quell'episodio potrebbe essere stato una coincidenza.»

«Preferisco essere prudente. Ci sposiamo tra poco meno di una settimana, dopodiché andremo in luna di miele e ci lasceremo tutto questo alle spalle.»

«Se il problema esiste davvero, come sembra» gli fece notare Allie, indicando il muro, «non faremo altro che ritardarne la soluzione.»

Damien si passò una mano tra i capelli pettinati alla perfezione, e quel gesto non gli scompigliò le ciocche scure.

Il suo aspetto impeccabile talvolta la irritava, considerando che lei sembrava aver bisogno di spazzolarsi i capelli già nell'istante in cui metteva piede fuori di casa.

«Che ne dici di affrontare una sfida alla volta?» Damien le prese la mano e posò un bacio sulle sue dita callose. «Lascia che il signor Svenson ti faccia arrivare al matrimonio sana e salva. Quando torneremo dalla luna di miele, ci occuperemo della persona che ci sta creando tutti questi problemi.»

«Ho una pistola e so come usarla. Posso badare a me stessa» insistette Allie.

«Lo so, tesoro, ma non puoi guardarti costantemente alle spalle. Hai già il tuo bel daffare con gli ultimi dettagli del matrimonio, non hai bisogno di preoccuparti anche di qualche pazzo che ha deciso di causare guai. Lascia che se ne occupi la tua guardia del corpo.»

Il suo atteggiamento paternalistico la irritò, e dovette mordersi la lingua. Damien la trattava come una signora, e quello le piaceva e la faceva incazzare allo stesso tempo. Aveva sempre lavorato in un ranch, ed era bello essere vista come una donna, non solo come un cowboy, ma c'erano volte in cui Damien esagerava, trattandola come una fanciulla inerme. Piuttosto che farglielo notare, mostrando il loro disaccordo alla nuova guardia del corpo, Allie trattenne le cose che avrebbe voluto dirgli. «Okay, lo lascerò venire con me.»

«Bene, perché io devo andare fuori città per alcuni giorni.»

Allie lo guardò perplessa. «Ci sposiamo tra meno di una settimana, e avevi promesso che saresti rimasto qui a darmi una mano con i dettagli dell'ultimo minuto.»

«Alyssa, ho un'azienda da gestire.» Lanciò un'occhiata al muro della scuderia. «Sono saltati fuori degli imprevisti che richiedono la mia attenzione.»

«Come vuoi» rispose Allie. «Assicurati di non arrivare in ritardo il giorno delle prove e alla cerimonia.» Non avrebbe permesso che lui la piantasse sull'altare come la patetica protagonista di un romanzo d'amore. In quel caso, si sarebbe messa in fila per spararargli, dietro a suo padre e a suo fratello. «Quando parti?»

«Ho un volo da Bozeman questa sera.» Le mise una mano sulla nuca e si chinò per baciarla.

Non appena le loro labbra si toccarono, un'esplosione fece tremare il prato sotto i loro piedi e Damien si buttò a terra.

Swede afferrò Allie, la trascinò giù e la coprì col proprio corpo. Una seconda esplosione fece saltare la parete laterale della stalla, facendo volare sulle loro teste assi di legno e schegge impazzite.

Un incendio divampò all'interno dell'edificio e il fumo riempì l'aria. I cavalli nitrirono spaventati, all'interno delle pareti rimaste, e Ruger iniziò ad abbaiare in risposta.

Allie si agitò, sotto Swede. «Lasciami alzare!»

Swede si spostò e si rimise in piedi.

Non appena non fu più schiacciata dal suo peso, Allie saltò su e corse nell'edificio in fiamme.

L'AUTRICE

Autrice bestseller del *New York Times* e di *USA Today*, ELLE JAMES scrive storie con eroi militari, cowboy e intrighi che tengono i lettori col fiato sospeso. Quando non è al computer, Elle ama il giardinaggio, viaggiare, giocare con i suoi cani e sognare nuove storie. Scopri di più sul suo sito, www.ellejames.com

Sito web | Facebook | Twitter | GoodReads | Newsletter | BookBub | Amazon

Seguimi!

www.ellejames.com

ellejamesauthor@gmail.com

LIBRI DE ELLE JAMES

~*~ Libri in Italiano ~*~

Serie Delta Force Strong

Rucker

Dash

Mac

Bull

Blade

Dawg

Tank

Hack

Smoke

Serie Iron Horse Legacy

Soldier's Duty

(Il Dovere Di Un Soldato)

Ranger's Baby

(La Figlia Di Un)

Marine's Promise

(La Promessa Di Un Marine)

SEAL's Vow

(Il Giuramento Di Un SEAL)

Warrior's Resolve

(La forza di un guerriero)

Serie Brotherhood Protectors

Montana SEAL

(La Guardia del Corpo e l'Attrice)

Bride Protector SEAL

(La Guardia del Corpo e la Futura Sposa)

Montana D-Force

(La Guardia del Corpo e la Vittima)

Cowboy D-Force

(La Guardia del Corpo e l'Angelo)

Montana Ranger

(La Guardia del Corpo e la Terapista)

Montana Dog Soldier

(La Guardia del Corpo e l'Agente FBI)

~*~ Libri in Inglese ~*~

Delta Force Strong

Ivy's Delta (Delta Force 3 Crossover)

Breaking Silence (#1)

Breaking Rules (#2)

Breaking Away (#3)

Breaking Free (#4)

Breaking Hearts (#5)

Breaking Ties (#6)

Breaking Point (#7)

Breaking Dawn (#8)

Breaking Promises (#9)

Brotherhood Protectors Yellowstone

Saving Kyla (#1)

Saving Chelsea (#2)

Saving Amanda (#3)

Saving Liliana (#4)

Saving Breely (#5)

Saving Savvie (#6)

Brotherhood Protectors Colorado

SEAL Salvation (#1)

Rocky Mountain Rescue (#2)

Ranger Redemption (#3)

Tactical Takeover (#4)

Colorado Conspiracy (#5)

Rocky Mountain Madness (#6)

Free Fall (#7)

Colorado Cold Case (#8)

Fool's Folly (#9)

Colorado Free Rein (#10)

Rocky Mountain Venom (#11)

Brotherhood Protectors

Montana SEAL (#1)

Bride Protector SEAL (#2)

Montana D-Force (#3)

Cowboy D-Force (#4)

Montana Ranger (#5)

Montana Dog Soldier (#6)

Montana SEAL Daddy (#7)

Montana Ranger's Wedding Vow (#8)

Montana SEAL Undercover Daddy (#9)

Cape Cod SEAL Rescue (#10)

Montana SEAL Friendly Fire (#11)

Montana SEAL's Mail-Order Bride (#12)

SEAL Justice (#13)

Ranger Creed (#14)

Delta Force Rescue (#15)

Dog Days of Christmas (#16)

Montana Rescue (#17)

Montana Ranger Returns (#18)

Hot SEAL Salty Dog (SEALs in Paradise)

Hot SEAL,Hawaiian Nights (SEALs in Paradise)

Hot SEAL Bachelor Party (SEALs in Paradise)

Hot SEAL, Independence Day (SEALs in Paradise)

Brotherhood Protectors Boxed Set 1

Brotherhood Protectors Boxed Set 2

Brotherhood Protectors Boxed Set 3

Brotherhood Protectors Boxed Set 4

Brotherhood Protectors Boxed Set 5

Brotherhood Protectors Boxed Set 6

Iron Horse Legacy

Soldier's Duty (#1)

Ranger's Baby (#2)

Marine's Promise (#3)

SEAL's Vow (#4)

Warrior's Resolve (#5)

Drake (#6)

Grimm (#7)

Murdock (#8)

Utah (#9)

Judge (#10)

The Outriders

Homicide at Whiskey Gulch (#1)

Hideout at Whiskey Gulch (#2)

Held Hostage at Whiskey Gulch (#3)

Setup at Whiskey Gulch (#4)

Missing Witness at Whiskey Gulch (#5)

Cowboy Justice at Whiskey Gulch (#6)

Hellfire Series

Hellfire, Texas (#1)

Justice Burning (#2)

Smoldering Desire (#3)

Hellfire in High Heels (#4)

Playing With Fire (#5)

Up in Flames (#6)

Total Meltdown (#7)

Declan's Defenders

Marine Force Recon (#1)

Show of Force (#2)

Full Force (#3)

Driving Force (#4)

Tactical Force (#5)

Disruptive Force (#6)

Mission: Six

One Intrepid SEAL

Two Dauntless Hearts

Three Courageous Words

Four Relentless Days

Five Ways to Surrender

Six Minutes to Midnight

Hearts & Heroes Series

Wyatt's War (#1)

Mack's Witness (#2)

Ronin's Return (#3)

Sam's Surrender (#4)

Take No Prisoners Series

SEAL's Honor (#1)

SEAL'S Desire (#2)

SEAL's Embrace (#3)

SEAL's Obsession (#4)

SEAL's Proposal (#5)

SEAL's Seduction (#6)

SEAL'S Defiance (#7)

SEAL's Deception (#8)

SEAL's Deliverance (#9)

SEAL's Ultimate Challenge (#10)

Texas Billionaire Club

Tarzan & Janine (#1)

Something To Talk About (#2)

Who's Your Daddy (#3)

Love & War (#4)

Billionaire Online Dating Service

The Billionaire Husband Test (#1)

The Billionaire Cinderella Test (#2)

The Billionaire Bride Test (#3)

The Billionaire Daddy Test (#4)

The Billionaire Matchmaker Test (#5)

The Billionaire Glitch Date (#6)

The Billionaire Perfect Date (#7) coming soon

The Billionaire Replacement Date (#8) coming soon

The Billionaire Wedding Date (#9) coming soon

Ballistic Cowboy

Hot Combat (#1)

Hot Target (#2)

Hot Zone (#3)

Hot Velocity (#4)

Cajun Magic Mystery Series

Voodoo on the Bayou (#1)

Voodoo for Two (#2)

Deja Voodoo (#3)

Cajun Magic Mysteries Books 1-3

SEAL Of My Own

Navy SEAL Survival

Navy SEAL Captive

Navy SEAL To Die For

Navy SEAL Six Pack

Devil's Shroud Series

Deadly Reckoning (#1)

Deadly Engagement (#2)

Deadly Liaisons (#3)

Deadly Allure (#4)

Deadly Obsession (#5)

Deadly Fall (#6)

Covert Cowboys Inc Series

Triggered (#1)

Taking Aim (#2)

Bodyguard Under Fire (#3)

Cowboy Resurrected (#4)

Navy SEAL Justice (#5)

Navy SEAL Newlywed (#6)

High Country Hideout (#7)

Clandestine Christmas (#8)

Thunder Horse Series

Hostage to Thunder Horse (#1)

Thunder Horse Heritage (#2)

Thunder Horse Redemption (#3)

Christmas at Thunder Horse Ranch (#4)

Demon Series

Hot Demon Nights (#1)

Demon's Embrace (#2)

Tempting the Demon (#3)

Lords of the Underworld

Witch's Initiation (#1)

Witch's Seduction (#2)

The Witch's Desire (#3)

Possessing the Witch (#4)

Stealth Operations Specialists (SOS)

Nick of Time

Alaskan Fantasy

Boys Behaving Badly Anthologies

Rogues (#1)

Blue Collar (#2)

Pirates (#3)

Stranded (#4)

First Responder (#5)

Shadow Assassin

Blown Away

Warrior's Conquest

Enslaved by the Viking Short Story

Conquests

Smokin' Hot Firemen

Protecting the Colton Bride

Protecting the Colton Bride & Colton's Cowboy Code

Heir to Murder

Secret Service Rescue

High Octane Heroes

Haunted

Engaged with the Boss

Cowboy Brigade

Time Raiders: The Whisper

Bundle of Trouble

Killer Body

Operation XOXO

An Unexpected Clue

Baby Bling

Under Suspicion, With Child

Texas-Size Secrets

Cowboy Sanctuary

Lakota Baby

Dakota Meltdown

Beneath the Texas Moon

www.ingramcontent.com/pod-product-compliance
Lightning Source LLC
LaVergne TN
LVHW050626100826
845148LV00011B/1743
* 9 7 8 1 6 2 6 9 5 4 7 4 8 *